The Womanizer

Sexy!

Memoiren eines Playboys

AF273549

The Womanizer

Sexy!

Memoiren eines Playboys

Bibliografische Informationen der Deutschen Nationalbibliothek
Die Deutsche Nationalbibliothek verzeichnet diese Publikation in der
Deutschen Nationalbibliografie; detaillierte bibliografische Daten sind
im Internet über dnb.dnb.de abrufbar.

2. Auflage
Copyright © The Womanizer 2017

Printed in Germany

ISBN 978-3-8482-0153-2

Herstellung und Verlag: BoD – Books on Demand, Norderstedt

4

Sexy!

Memoiren eines Playboys

The Womanizer

Inhaltsverzeichnis

Memoiren eines Playboys

Lynn

Uschi wurde 30. Uschi ist eine meiner Lieblingskolleginnen in der Arbeit und eine überaus nette und kompetente Frau, keine Schönheit, aber dafür integer, menschlich von allerbestem Holz. Sie hatte über 30 Freunde und Kollegen geladen und feierte bei ihr zu Hause in ihrer schönen 4-Zimmer-Wohnung in München-Schwabing.

Zwischen vielen bekannten Gesichtern entdeckte ich ein mir unbekanntes. Eine bildhübsche, junge Frau im langen Kleid saß auf dem roten Sofa und unterhielt sich mit meinem Kollegen Paul. Ich begab mich zu den beiden und drückte Paul herzlich, der mir daraufhin die Dame vorstellte: „Lynn, sie ist Model und Uschis Nachbarin." „Sehr erfreut", grinste ich und begrüßte die blonde Schönheit mit einem Handkuss. Lynn war nicht älter als 24 und hatte eine atemberaubende Figur. Ihre Finger glitzerten voller Ringe, ihr Lippenstift schimmerte in puffrot und ihr Lächeln zauberte einen Knüppel in meine Hose.

Pauls iPhone 6 klingelte, er verabschiedete sich auf den Balkon, also konnte ich Lynn näher kommen. Wir unterhielten uns gut und Lynn erzählte mir, dass sie aus England stammt und seit 4 Jahren in Deutschland als Model arbeitet. „Ich bin in der ganzen Welt unterwegs und erlebe viel", lächelte sie zweideutig. Das glaubte ich ihr gerne. Das Gespräch verlagerte sich auf den zweiten Balkon, wo wir ganz für uns waren. Lynn flirtete nicht schlecht mit mir und berührte immer wieder meine Hand. Sie wollte also. Na gut, dann in die Offensive!

„Hast Du heute Abend schon etwas vor?", fragte ich sie neugierig. „Was denn?", fragte sie zurück. „Zum Beispiel eine TV-Serie schauen, ein Bad nehmen, Sex mit jemandem haben, direkt schlafen gehen …". „Hoppla", fiel sie mir kichernd ins Wort, „Du hast aber Ideen!" „Wieso denn? Ist doch nichts Verrücktes dabei." Sie schaute mir tief in die Augen: „Hättest Du denn Lust, etwas davon mit mir zu machen?" „Ja, wir könnten uns gemütlich vor den Fernseher hocken und einen spannenden Film anschauen", schob ich ihr meinen verpackten Vorschlag auf Sex rüber. „Hast Du Lust?"

„Ja, warum nicht", grinste sie und blickte auf die Uhr. „So in 15 Minuten bei mir?" „Okay", bestätigte ich ihr den Termin, „dann bis gleich!" Ich verabschiedete mich von Uschi und dankte ihr für die Einladung, dann verließ ich ihre Wohnung und ging 2 Stockwerke höher, wo ich bei Lynn klingelte. Die öffnete mir in einem Hauch von Sünde. Sie hatte ihr Kleid gewechselt und nun ein fast durchsichtiges an. Ich konnte ihre Brüste deutlich erkennen: sie waren fest, rund, einfach perfekt.

Sie führte mich zum Sofa, wo sie neben mir Platz nahm und den Fernseher einschaltete. „Was sollen wir denn gucken?", fragte sie neckisch und drückte mir die Fernbedienung in die Hand. Ich zappte durch und blieb bei „Dr. House" hängen. „Der ist witzig!", stellte ich fest und konzentrierte mich provokant auf die Serie. Lynn schien irritiert zu sein und brauchte 2 Minuten, um sich etwas einfallen zu lassen. Dann streifte sie sich ihr Kleid ab und ließ es in meinen Schoß fallen. Damit hatte sie meine volle Aufmerksamkeit.

Ich drehte mich zu ihr hin und betrachtete sie. Ihr Körper war einfach genial, gemeißelt aus der Liebe Gottes und der Sünde des Teufels. Sie grinste mich an und wartete auf meine Reaktion. Die kam. Ich küsste sie. Lynn küsste fleißig mit und steckte mir ihre gepiercte Zunge zwischen die Zähne. Schnell war mein Hemd ausgezogen und meine Hose baumelte an den Beinen. Lynns Hand befand sich schon in meinem Schritt und streichelte meinen Schaft. Ich küsste ihre Brustwarzen hart und ihre Muschi nass. Sie legte sich flott aufs Sofa und drückte mir 1 Kondom in die Hand.

Ich stieß in sie ein und fickte sie. Lynn stöhnte laut, ihre Pussy war wunderschön. Ein zarter, dunkelblonder Schamhaarstrich schmückte den Venushügel, ihre Haut war glatt, rein und glänzte. Ich trieb es immer härter und wilder, dann wollte sie auf mich drauf und ritt mich nach allen Regeln der Kunst.

Ich spürte meinen Orgasmus kommen und kündigte ihn an. Lynn sprang schnell von mir herunter, zog das Kondom ab und wichste meinen Saft in ihr kleines Gesicht. Sie machte es genau so, wie es in Pornos üblich ist: Mein Sperma spritzte ihr ins Face, in die Augen, die Nase, den Mund. Es war geil!

Als alles raus war, reduzierte sie Tempo und Druck ihrer Dienstleistung und strahlte mich an: „Und, hat es Dir gefallen?" „Ja, es war verdammt geil!", antwortete ich und wischte mir mit dem nächstbesten Handtuch meinen Schwanz sauber.

Lynn wollte duschen, um sich vom Sperma zu befreien und zog mich mit. Ihre langen, blonden, welligen Haare hatten auch etwas abbekommen und mussten klargespült werden. Das übernahm ich. Ich shampoonierte sie unter der laufenden Brause und drückte mich von hinten fest an sie. Dabei bekam ich natürlich einen Ständer.

Lynn merkte das sofort, sie drehte sich zu mir um und kniete sich auf den Boden. Dann gab es einen Blowjob der Extraklasse. Unter den Wasserfällen der Hochleistungsdusche lutschte sie meinen Penis heiß und heißer. Ich fühlte mich wie Gott in Frankreich. Mit der rechten Hand kraulte sie dazu sanft meine Eier, die linke Hand unterstützte zart wichsend ihre Mundarbeit.

Immer mehr Druck gab sie an meinen Penis, bis dieser anfing zu zucken und den leckeren Saft aussprühte. Lynn entschied sich diesmal für Schlucken und saugte mich leer bis zum letzten Tropfen. Ich konnte mich dabei kaum noch auf den Beinen halten, so heftig war der Orgasmus und so stark zitterte mein Körper. 10 Minuten später küsste ich Lynn zum Abschied Lebewohl und versprach ihr, bald mal wieder vorbeizukommen.

Mo

An einem Dienstag klingelte es kurz vor 8 Uhr morgens an meiner Tür. Ich kam aus der Dusche. Vor mir stand ein hübsches, junges Mädchen in Postuniform. „Ich habe 1 Paket für Sie", lächelte sie mich an. Dieses Gesicht hatte ich noch nie gesehen. „Neu hier?", fragte ich. „Ja", flötete sie. Ich merkte, dass ihr Blick tiefer ging. Sie betrachtete mich.

„Gerade geduscht?" „Ja", bestätigte ich, „ich hoffe, es stört Dich jetzt nicht, dass ich nur mit Handtuch bekleidet bin." „Nee, überhaupt nicht, hihi, im Gegenteil", kicherte sie. Ich unterschrieb die Empfangsbestätigung und fragte sie nach ihrem Namen. „Ich heiße Mo." Wir kamen ins Gespräch, doch wurden unterbrochen, als ihr Kollege hupte. „Sorry, aber ich muss jetzt gehen", entschuldigte sie sich. Ich ging aufs Ganze: „Lust auf einen Cocktail nach der Arbeit?" „Warum nicht? Gerne!"

Ich fuhr zur Arbeit und freute mich schon auf das Date mit Mo um 18 Uhr im Moritz, einer netten Bar in München City. Nach 8 Stunden Büroscheiß war es soweit: Sie saß an einem Zweiertisch und winkte mir zu. „Und, wie geht´s?", fragte sie mich. „Gut, danke. War ziemlich stressig im Job, aber jetzt bin ich da." Wir bestellten uns etwas zu trinken und führten unsere Konversation vom Vormittag fort. Mo war blutjunge 18, mittelhübsch, klein, zierlich, hatte ein Nettes-Mädchen-Gesicht und viele Sommersprossen. Ihre blonden Haare trug sie schulterlang und glatt.

„Hast Du Dich nicht gewundert, als ich plötzlich halbnackt vor Dir stand, nur mit Handtuch um meine Hüften?", fragte ich neugierig. „Doch, klar", gestand sie, „aber ich fand es ehrlich gesagt geil. Ich hätte Dir zu gerne das Handtuch weggerissen. Du bist genau mein Typ, ich hätte gerne alles gesehen." Sie kicherte. „Ich gefalle Dir also?", bohrte ich nach. Verlegen blickte sie mich an: „Ja." Mo erzählte mir von ihrer Wohnsituation und den Problemen, die eine WG mit sich bringen kann. „Alex ist mein Ex, seit 2 Monaten ist Schluss bei uns, doch er will nicht ausziehen.

So ist aus unserer gemeinsamen Bude eine WG mit 2 Bereichen geworden. Ich kann damit leben, doch eine Dauerlösung ist das nicht. Ich hoffe, bald etwas Eigenes zu finden."

Ich erhöhte meine Flirtintensität und schaute Mo immer wieder tief in die Augen. „Du machst mich wuschelig", hechelte sie. „Ich würde Dich jetzt gerne mit zu mir nehmen, aber Alex ist den ganzen Tag da, das wäre doof. Kannst Du morgen?" Ich überlegte kurz. „Ja, ich könnte gegen 18:30 Uhr bei Dir sein." „Wunderbar", strahlte sie, „morgen ist Alex bis spät abends weg, er hat Schachturnier." „Super. Wo wohnst Du?" Mo gab mir ihre Adresse und Handynummer, wir verabschiedeten uns und ich freute mich schon auf das Treffen mit ihr, das garantiert im Bett enden würde.

Der nächste Tag verging schnell, und um 18:30 Uhr war ich bei Mo. Sie öffnete mir die Tür und führte mich in ihr Zimmer. Alles sah improvisiert aus, manche Ecken waren komplett leer, andere wiederum vollgestellt mit Krimskrams und Kisten. Sie hatte kein Bett, sie schlief auf einer Matratze.

„Ich hoffe, das stört Dich nicht", bat sie um Verständnis, „ich habe ihm unser Bett überlassen, darin möchte ich nie wieder schlafen." „Kein Thema", beruhigte ich sie, „und dieser Alex ist jetzt weg?" „Ja, der kommt vor Mitternacht nicht nach Hause, wir sind ungestört." Mo trug ein hautenges T-Shirt und eine Leggins, die ihre Beine gut in Szene setzte. Ich begann sie zu küssen und zu berühren. Sie atmete laut und stöhnte leise vor sich hin. Schnell waren wir nackt. Mos Brüste waren klein, aber schön, ihre Muschi behaart, aber ästhetisch. „Du hast aber einen schönen Penis", lobte sie mich, „darf ich ihn mal in die Hand nehmen?" „Natürlich." Sie griff zu und zerdrückte ihn fast.

„Vorsicht, nicht so hart!", ermahnte ich sie. „Oh, sorry", entschuldigte sie sich. Schnell merkte ich, dass sie das irgendwie nicht so gut konnte. Zeit für Plan B. „Möchtest Du ihn mal küssen?", fragte ich. Erschrocken schaute sie mich an. „Hm, ich weiß nicht …". „Na, er wird Dich schon nicht beißen", grinste ich. Langsam und vorsichtig leckte sie an meinem Penis herum und nahm ihn endlich in den Mund, doch anstatt mir gescheit einen zu blasen, knabberte und saugte sie so komisch an ihm herum, dass mir jegliche Lust verging.

Was für ein Reinfall, dachte ich, das kann doch nicht wahr sein! „Lass gut sein", sagte ich frustriert und zog meinen Penis weg. Mo sah mich traurig an und begann zu weinen. „Tut mir leid, ich mache das erst zum zweiten Mal, ich bin sexuell noch ziemlich unerfahren. Alex war mein erster und einziger Mann bisher." Ich tröstete sie. „Nicht schlimm, ist schon okay."

Ich wollte mich anziehen und gehen, da bat sie mich: „Schlaf wenigstens mit mir, bitte." Na gut, dann komme ich wenigstens auf meine Kosten. Ich legte mich auf sie und begann sie zu ficken. Sie lag da, steif wie ein Brett, und stöhnte laut. Nach ein paar Minuten ließ ich sie auf mich drauf, doch das war gar nichts. Sie ritt auf mir wie auf einem Sattel, vor und zurück, ich hatte Angst, dass mein Penis brechen könnte. Dieses arme Ding verstand echt nichts von Sex. Ich kommandierte sie wieder nach unten und fickte sie gnadenlos durch, so wie sie bisher wohl noch nie von ihrem komischen Alex gefickt worden war. Kurz bevor ich kam, hatte sie ihren bebenden Orgasmus, dann spritzte ich ab.

Ich wollte nur noch weg. Mo war alles peinlich, sie war den Tränen nahe. „Sorry, dass ich nicht besser war", entschuldigte sie sich. „Vergiss es, es war okay", beruhigte ich sie. „Wir beide sind gekommen, das ist das Wichtigste." Ich verabschiedete mich von der Untalentierten und wünschte ihr alles Gute.

Nancy

Hübsch, aber dumm. So konnte man Nancy am besten beschreiben. Nancy war im Gastronomieservice tätig, der unsere Firma mit Junk Food zupumpte. In unserer Kantine sah ich sie hin und wieder, wie sie frische Altware anlieferte und dann wieder verschwand. Hektisch war sie immer und flott auf den Beinen.

Eines Tages stolperte sie in der Kantine auf mich zu und ließ 1 volle Kiste Cola-Flaschen fallen. Danach fiel sie. Ich half ihr hoch und schaute sie an. „Aua!", stöhnte sie und zeigte mir ihre roten Ellenbogen und wunden Knie. „Das hat wehgetan", meinte ich verständnisvoll und befahl einer anwesenden Putze, das heruntergefallene Chaos zu beseitigen.

„Kommen Sie mit, ich helfe Ihnen", versprach ich und führte sie in mein Büro. „Was war los?", wollte ich den genauen Tathergang wissen. „Ich weiß nicht, ich bin weggerutscht und dann hat es mich böse hingeschmissen", jammerte sie. Böse waren auch ihre Wunden, die bluteten. Ich desinfizierte ihren Unglückskörper und verarztete sie nach bestem Wissen. „Soll ich Sie ins Krankenhaus fahren?" „Nein, geht schon wieder", antwortete sie. „Vielen Dank, dass Sie sich so um mich kümmern." „Ist doch nichts", lächelte ich und schickte sie auf ihren Weg.

Am nächsten Tag sahen wir uns wieder. Nancy lächelte mich an und kam auf mich zugestapft. „Na, ist alles okay bei Ihnen?", startete ich die Konversation. „Ja, geht schon, es tut noch weh, aber ich kann arbeiten." Ich drückte ihr eine dunkle Cola in die Hand, die sie gierig ausschlürfte. Dabei musterte ich sie: 1,60 m groß, knapp 50 kg, gefärbte, rote, lange Haare, ein Nasenring, schöne Titten. Musterung bestanden.

Sie strahlte mich an. „Und wer sind Sie?" „Der Boss", protzte ich. „Dann gebe ich Ihnen einen guten Tipp: Essen Sie nichts von uns. Das ist der letzte Dreck." Eine ehrliche, wenn auch dumme Haut, sich sein Geschäft derartig zu vermasseln, dachte ich, aber ich bedankte mich artig für den Ratschlag und schlug vor, dafür etwas Anständiges essen zu gehen. „Ich lade Sie ein, was sagen Sie dazu?" „Aber nur mexikanisch, ich mag alles andere nicht."

Na gut, komisch, aber die mexikanische Küche ist bekanntlich ja nicht die Schlechteste. „Jetzt gleich?" „Nee, jetzt geht nicht, muss arbeiten. Geht erst heute Abend." Ich überlegte kurz. „Ja, lässt sich einrichten." Ich verlangte nach ihrer Handynummer, doch die wusste sie nicht. Na gut, dann gebe ich ihr halt meine.

Ich kannte einen guten Mexikaner ums Eck, dort verabredeten wir uns für 18 Uhr. Als sie kam, kam auch ich fast, so geil sah sie aus: In Minirock und engem, busenfreundlichem T-Shirt watschelte sie sexy auf mich zu. „Hallo, darf ich mich setzen?" „Natürlich", signalisierte ich ihr meine Bereitschaft auf mehr. Schnell waren wir beim Du und tauschten erste Informationen aus. Ich erfuhr, dass sie 22 Jahre alt war und seit ihrem Hauptschulabschluss im Catering arbeitete. Ausbildung hatte sie keine, war es doch der Betrieb eines Kumpels.

Ich erzählte ihr von meiner verantwortungsvollen Position im TV-Business und sie staunte. „Voll cool, was ihr da so beim Fernsehen macht. Am besten gefällt mir der ganze Radio-Teil." „Aber Schätzchen, Radio ist doch etwas völlig anderes", erklärte ich. „Die machen Radio, wir machen Fernsehen." „Ach so", kapierte sie und tatschte ins nächste Fettnäpfchen: „Macht Dir das Spaß, Fernseher zu bauen?"

Ich schluckte. So viel Dummheit war doch nicht normal. „Mäuschen, wir bauen keine Fernseher, wir machen Fernsehen. Sendungen, Shows, Interviews, Nachrichten, wir produzieren das, was Du siehst." „Aha", staunte sie. Wenn sie vom Tuten und Blasen genauso wenig Ahnung hatte wie vom Leben, na dann gute Nacht, dann gehe ich gleich wieder.

Leider ging die Unterhaltung so weiter. Nancy präsentierte sich als dumme Schlampe. Sie schien hinterm Mond zu leben, hatte keine Ahnung von Politik, Wirtschaft, Benehmen oder Manieren. Ihre Cola trank sie aus der Flasche. Das Glas daneben muss sie wohl übersehen haben. Sie rauchte, obwohl dies ein Nichtraucher-Lokal war. Als der Wirt sie dezent darauf hinwies, drückte sie die Zigarette in der Serviette aus und warf den Penisersatz einfach zu Boden. Das Essen aß sie mit Löffel und Fingern, ich schämte mich sehr.

Irgendwann fanden wir ein Thema, von dem sie mehr Ahnung hatte: Sex. „Ich weiß nicht, wie viele Typen ich schon im Bett hatte, bei etwa 50 habe ich aufgehört zu zählen." Ist ein echtes Wunder, dass die überhaupt so weit zählen kann, dachte ich. Dann der Hammer: „Dich würde ich auch nehmen." „So? Würdest Du?" „Ja, Du bist ein geiler Kerl", grinste sie und griff mir im Restaurant und vor allen Anwesenden an den Schwanz. Zum Glück hatte es niemand gesehen.

„Doch nicht hier! Bist Du wahnsinnig?", zürnte ich sie an. „Wo denn?" „Na, zum Beispiel bei Dir zu Hause, im Wald, auf einer Toilette, von mir aus auch in meinem Büro, aber doch nicht hier im Restaurant vor allen Leuten!" „Komm mit!", zog sie mich hoch und riss mich mit. Was hatte sie vor? Wollte sie abhauen, ohne zu zahlen? Nein, ihr Weg führte uns in die Damen-Toilette. „Das kann jetzt nicht Dein Ernst sein", meinte ich kopfschüttelnd. „Doch, Du sagtest Toilette." Gut, es hatte keinen Sinn zu widersprechen. Wir verkrochen uns in der einzigen Damen-Toilette des Hauses und schlossen ab.

Nancy ging ran wie eine halbverhungerte, wilde Katze. Schnell war meine Hose unten und sie blies mir einen. Ich saß auf der Kloschüssel und schaute zu. Sie hockte vor mir und arbeitete gut-geil. Ihre langen, roten Haare hingen in ihrem Gesicht und bedeckten meinen Bauch. Plötzlich klopfte es an der Tür, da musste wohl jemand dringend sein Geschäft erledigen, doch das interessierte uns wenig, schließlich war unser Geschäft wichtiger. Die Person haute wieder ab. Gut so.

Nancy beschleunigte ihr Tempo und ich spürte meinen Orgasmus brodeln. „Ah!", stöhnte ich leise und schoss meine Ladungen in ihr dummes, aber fleißiges Mündchen. Als ich fertig war, schmiss sie ihre Haare nach hinten und ich sah ihr Gesicht: Sperma klebte an ihren Lippen und an ihrer Wange. Wie geil das aussah! „Das hast Du gut gemacht", flüsterte ich ihr zu.

„Danke, danke", entgegnete sie. Vorsichtig öffneten wir die Tür und checkten die Lage. Keine Gefahr. Ich stürmte aus der Damen-Toilette heraus und begab mich wieder an unseren Tisch. Die komischen Blicke des Wirtes ignorierte ich. 2 Minuten später kam Nancy, sie hatte sich noch frisch gemacht, die Lippen nachgezogen und das Parfüm erneuert.

Auch sie musste sich den wirren Blicken des Wirtes und einigen Gästen stellen, doch das interessierte sie herzlich wenig. Wir zahlten und gingen. 2 Tage später trafen wir uns in der Firma wieder in der Kantine. Nancy kam unverblümt zu mir rüber und setzte sich zu mir auf die Bank. „Hast Du gerade 10 Minuten Zeit?" „Ja, warum?", fragte ich sie. „Komm mit!"

Sie lief vor und ich hinterher. Ziel waren die Toiletten. „Hier in der Firma ni…", wollte ich sagen, doch schon war es zu spät und ich befand mich in einer unserer Damen-Toiletten. Schwupps, war meine Hose unten und mein Schwanz in ihrem Mund. Same procedure as last time. Nancy saugte gekonnt an meinem Schwanz entlang und blies ihn echt gut. Doch wir bekamen wieder Besuch. Ich hörte 2 Frauenstimmen, die eintraten und die beiden Toiletten neben uns besetzten. Shit, dachte ich, Mist, die dürfen unter keinen Umständen etwas bemerken, sind schließlich Kolleginnen.

Ich schob Nancys Kopf nach hinten weg und signalisierte ihr, still zu sein. Sie verstand. Wenigstens dieses eine Mal. Trotzdem konnte sie ihre Hände nicht von meinem Penis lassen und kraulte ihn, bis die beiden unbekannten Damen weg waren. Schnell beendete sie ihren Job und schluckte meinen Samen. Diesmal war es schwieriger, der Toilette zu entkommen, erneut waren unliebsame Gäste eingetreten. Mittagspause halt. Scheiße. 10 Minuten waren wir gefangen, ehe sich eine Möglichkeit zur Flucht bot.

Auf der Firmen-Toilette nicht noch einmal, soviel stand für mich fest. Das nächste Mal nahm ich sie mit in mein Büro und sperrte ab. So, hier waren wir sicher. Und hier hatten wir auch mehr Platz. Nancy schälte sich geil aus ihrer engen Jeans und zog sich das Shirt mitsamt BH aus. Zum ersten Mal sah ich ihren Körper: er war knackig und geil, jung und schön. Nancy hatte nur noch einen weißen String-Tanga an, der kurz darauf zu Boden fiel. Zarte, rötliche Schamhaare bedeckten den unteren Teil ihres Venushügels. Göttlich! Sofort startete sie mit der Arbeit und blies mich in meinem Chefsessel glücklich. Sie kniete vor mir und lutschte an meiner Salami, bis diese explodierte.

9 oder 10 Ladungen waren es, die ich ihr schenkte. „So, jetzt tauschen wir", sagte ich und bot ihr meinen Platz an. Genüsslich nahm sie auf meinem Bonzen-Thron Platz. In Sakko und mit offener Hose begann ich, ihre saftige Muschi zu lecken. Als sie immer lauter stöhnte, ermahnte ich sie, still zu sein und leise zu genießen, was ihr sehr schwer fiel. Ich drückte ihr ihre Jeans ins Gesicht, sie biss zu und konnte so weitere in dieser Si-

16

tuation heiklen Töne unterdrücken. Meine Zirkulationen wurden immer wilder, dann stieß ich meine Zunge tief in ihre Höhle und führte meine legendäre Leck-Technik durch, bis sie kam.

Nancy kam dabei so heftig, dass sie fast mit dem Stuhl umflog. Ich musste sie festhalten und zu mir zurückziehen. Ihre Zuckungen waren intensiv, ihr Gesicht wirkte süß dabei. „Und schnell noch eine Runde poppen?", fragte sie mich kess. „Sorry, aber ich habe gleich einen Termin, ich muss weg."

„Wieso?", fragte sie typisch dumm. „Weil ich einfach weg muss, verstehst Du, deshalb." Sie verstand es und ging. Ich ging auch. Weitere Lust auf Nancy hatte ich nicht mehr, sie war mir einfach zu dumm.

Ursula & Nina

Ursula und Nina lernte ich in Wien kennen. Ich war für 3 Tage in Österreich für eine Produktion. Ich aß zu Abend und sah 2 bildhübsche Frauen am Nebentisch. Die eine blond, die andere auch. Ich liebe blond! Beide etwa Mitte 20. Die eine im Rock, die andere in Jeans. Beide schlank und zierlich. Ich nahm Blickkontakt auf, der schnell erwidert wurde.

Die eine Blonde schaute mich tief an, nuschelte mit der anderen, die sich umdrehte und mich auch anlächelte. Mir wurde warm. Während wir dinierten, intensivierte sich der Flirt. Ich wusste, da ist etwas möglich. Als ich fertig war, marschierte ich zu den Damen rüber und fragte frech, ob ich mich zu ihnen setzen darf. „Wir wollten gerade etwas trinken gehen, Du kannst gerne mitkommen", antwortete die eine.

Gesagt, getan. Zu dritt verließen wir das Restaurant und checkten in die nächste Bar ein. „Also, ich bin Ursula, und das ist die Nina, meine Schwester." „Entzückend", lächelte ich und schüttelte beiden Damen die Hand. Ursula war 26 und arbeitete für eine Werbeagentur, Nina war 24 und in einem Reisebüro tätig. Beide waren Singles und locker drauf. Wir sprachen über Gott und die Welt, dann über Sex.

Ursula und Nina kannten keine Tabus und erzählten mir intime Details aus ihrem Sexleben, sie hatten keine Geheimnisse voreinander und gemeinsame Sexerfahrungen gemacht. Ich gab mich cool und spielte den Macho, der ich bin, protzte mit meinen Errungenschaften und weckte damit die Neugier der beiden. Plötzlich fragte mich Ursula: „Und, könntest Du Dir vorstellen, mit uns beiden heute Abend Sex zu haben?"

„Klar", schoss es aus mir heraus, „nicht nur heute!" Nina flüsterte Ursula etwas ins Ohr. Die grinste. „Komm, lass uns gehen", sagte sie und bezahlte die Getränke. Die geilen Schwestern wohnten zusammen. Ohne viele Worte ging es zur Sache. Ursula und Nina zogen sich gegenseitig aus und präsentierten mir ihre zauberhaften Körper. Mein Penis jubelte vor Freude, ich auch. Nun durfte er ans Freie.

Zärtlich war Ursula die erste, die ihn berührte. Nackt legte ich mich aufs Bett und genoss, was die beiden Ladies mit mir veranstalteten: streicheln, blasen, ficken. Ursula war die Talentiertere von beiden. Sie streichelte, blies und fickte besser als Nina. So kam ich auch in ihr, als sie auf mir ritt.

Doch dieser Sex war nicht der letzte an diesem Abend. Während wir relaxten, schaute ich mir die beiden Sisters genauer an: Ursula hatte Stehbrüste und eine kahle Muschi, Ninas Titten waren größer, ihre Muschi teilrasiert. Beide wogen etwa 50 kg bei einer Größe von 1,65 m.

Nun gingen wir in die Runde Nr. 2. Blowjob-Time. Vor dem großen Wandspiegel knieten sich die beiden Blondinen auf den Boden und begannen, meinen Dude ganz steif zu saugen. Abwechselnd verrichteten sie gute Arbeit mit Hand und Mund. Ich kam mir vor wie King Elvis. Mir wurde so heiß, dass ich fast überkochte. Ich spritzte ab – die Soße ging in Ninas Gesicht und dann in Ursulas Mund, die mich bis auf den letzten Tropfen auslutschte. Ich war happy, verabredete mich für den nächsten Abend wieder mit den Ladies und ging in mein Hotel.

Mit einem breiten Grinsen empfingen mich die Schwestern wieder. Sie hatten ein Bad zu dritt vorbereitet und eine Überraschung, die sie mir nicht verraten wollten. Das Bad war geil. Wir lagen eng zusammen, Arm in Arm in Arm, liebkosten uns und massierten uns gegenseitig mit dem Schwamm. Dann ins Bett, wo mich die Überraschung erwartete: ein Pornofilm. Ursula präsentierte mir stolz die DVD „Geile Schwestern in Action". Mit auf dem Cover: Ursula und Nina. Ich war geschockt und erregt zugleich.

Nina erzählte mir, dass sie es mal ausprobieren wollten und deshalb in einem Porno mitspielten – just for fun. Es sei eine interessante, geile Erfahrung gewesen. „Magst Du mal reinschauen?" „Gerne", stammelte ich und staunte, als ich sah, wie Ursula und Nina einen Mann nach dem anderen bedienten und Cumshots en masse produzierten. Ganz schön versaut, diese Luder. Mein Penis wurde aktiv und schnell waren Ursulas Hände da. Während ich gebannt auf den Bildschirm starrte, masturbierte sie meinen Schwanz langsam und gekonnt hart und härter.

Dann nahm sie ihn in ihren schönen, warmen Mund. Ninas Zunge spielte Tremolo an meinen Brustwarzen, ihre zarten Hände streichelten meinen Oberkörper. Dann kam der Höhepunkt der DVD: 4 Männer mit Maske lagen am Boden, Ursula masturbierte 2, Nina masturbierte 2. Fast gleichzeitig spritzten alle 4 ab. Ursula und Nina schauten dabei so geil und sexy in die Kamera, dass ich mich nicht mehr beherrschen konnte und kam. Mein Cumshot war mega. Glücklich schauten wir die DVD zu Ende, die noch andere Schwesternpaare präsentierte, doch Ursula und Nina waren das Highlight des Streifens.

Ich revanchierte mich bei den beiden mit Lecken vom Feinsten. Die Sisters lagen nebeneinander, und immer, wenn ich eine leckte, rubbelte ich der anderen ihre Clit. Meine Leck-Spezialtechnik gefiel den beiden super, sie hechelten und stöhnten laut und unbeherrscht. Nach 10 Minuten war es soweit: Beide kündigten fast gleichzeitig ihren Orgasmus an. Ich gab alles und leckte und streichelte wild beide zu ihrem Ziel. Ursula kam laut und ruckartig, Nina eher in einem Zug. Wow, was für ein Anblick! 2 blonde Schönheiten unter mir, glücklich lächelnd und befriedigt.

Zum Abschluss fickten wir noch mal. Ich war der Aktive und nagelte zuerst Ursula in der Missionarsstellung, dann nach einer Pause Nina in der Löffelchenstellung. Zum Abschied fragte ich die beiden Mädels, ob sie mir ihre DVD als Geschenk und Erinnerung mitgäben. „Klaro", lächelte Ursula und drückte mir ein noch verpacktes Exemplar in die Hand. „Alles Gute, es war schön mit Dir", sagte sie und drückte mir ein letztes Bussi auf den Mund. „Ich fand es auch toll", strahlte Nina und umarmte mich ganz fest. „Ich auch." Ich ging.

Joanna

Joanna war Ende 20 und eine in München wohnhafte und angesehene Grafikerin, der wir den Relaunch unserer Firmenwebsite anvertrauten. Ich fand sie im Internet und war von ihren Referenzen beeindruckt. Ich lud sie zu einem Vorstellungsgespräch ein. Als sie zu mir ins Büro kam, staunte ich nicht schlecht: Diese Frau war der Hammer! Noch viel hübscher als auf dem Foto.

Elegant-sexy stolzierte sie auf mich zu und begrüßte mich mit einem simplen „Hi, Joanna" und einem breiten Grinsen. „Hallo", erwiderte ich und ließ sie Platz nehmen. Professionell unterhielten wir uns über das geplante Design, meine Vorstellungen und Wünsche, sie zeigte mir eine Auswahl ihrer abgeschlossenen Projekte, die ich allesamt fantastisch bewertete. Sie gefiel mir … ihre Arbeit. Und sie natürlich auch!

Joanna hatte den Job. Wir vereinbarten einen Starttermin und ich freute mich riesig auf die Zusammenarbeit mit ihr. 1 Woche später war es soweit: Joanna erwartete mich mit hochgesteckten Haaren, einer schicken Bluse, in Jeans und Boots in ihrem Büro. Sie war sehr schlank, aber ihre Rundungen waren an den richtigen Stellen gut ausgeprägt. Süßer Po, schöne Titties. Während wir hart arbeiteten und unsere Ideen in einen Topf warfen und besprachen, herrschte reger und intensiver Blickkontakt zwischen uns. Joanna hatte überaus schöne Augen, sie funkelten und strahlten wie ein Kristall.

Als wir eine Pause einlegten, wurde es privater. Joanna berichtete mir aus ihrem Leben: „Ich bin Single, wohne im südlichen Teil Münchens, treibe gerne Sport und andere schöne Sachen." Aha. Joanna schien mir kein allzu braves Mädchen zu sein, sie flirtete nun schon heftig mit mir. Wir arbeiteten bis am späten Nachmittag, dann fragte sie mich, ob wir noch etwas zusammen essen gehen. „Eine gute Idee!" Wenige Minuten später saßen wir beim Italiener um die Ecke. Das Essen war lecker und Joanna und ich verstanden uns prima. Plötzlich blickte sie mir tief in die Augen: „Hast Du Lust, noch mit zu mir zu kommen?" Ich konnte gar nicht anders, als „Ja" zu sagen. „Okay", strahlte sie, „auf zu mir!"

Joanna wohnte schön in einer großen Dachterrassenwohnung. Ohne Umwege führte sie mich in das Schlafzimmer und meinte, ich solle es mir schon mal gemütlich machen, sie sei gleich da. Ich zog mich bis auf meine Unterhose aus und kuschelte mich ins warme Bett. Nach 5 Minuten bekam ich Gesellschaft. Joanna stand in der Tür: halbnackt und mit 2 Champagnergläsern in der Hand.

„Auf uns!" Wir tranken. Joanna hatte außer einem BH und einem roten Slip nichts an. Behände krabbelte sie zu mir unter die Decke und fing an, mich zu küssen. Gut küsste sie, sehr gut sogar. Nass und feucht waren ihre Liebkosungen, zärtlich ihre Hände auf meiner Brust. Ich fing an, ihren Körper zu erkunden. Joanna hatte die Augen geschlossen und atmete laut. Während meiner Reise entkleidete ich sie ganz. Aufgeregt fummelte sie an meiner Unterhose herum und zog sie mir aus. Da lagen wir nun, nackt und geil aufeinander.

Ich ergriff die entscheidende Initiative und wärmte meine Finger in ihrer Muschi. Das gefiel ihr. Sie war feuchter als der Champagner. Nach ein paar Minuten setzte ich meine Zunge ein. „Geil", stöhnte sie und genoss meine Leck-Technik, mit der ich jede Frau der Welt in nur wenigen Minuten zum Orgasmus bringen kann.

Ihre Pussy war wunderschön, blitzeblank rasiert und roch nach Lavendel. „Ich komme!", rief sie und zuckte wild herum, ihre Kontraktionen konnte ich deutlich spüren. Dann sackte sie zusammen. „Jetzt verwöhne ich Dich", lächelte sie mich kurz darauf an und begann, meinen Dong steif zu wichsen. Aus Wichsen wurde Blasen. Mein Gott, die Frau war die Blaskönigin persönlich! So zart und gleichzeitig intensiv lutschte sie an meiner Salami herum, dass ich die Engel singen hörte.

Ohne Vorwarnung spritzte ich ihr in den Mund. Damit hatte sie nicht gerechnet. Hustend und prustend keuchte sie, doch verrichtete mit der Hand weiter gute Arbeit. „Schnell, ich brauche jetzt etwas zu trinken", ächzte sie und sprang auf Zurück kam sie mit einer Flasche Wasser im Mund. „Mir einfach so in den Mund kommen, und dann noch mit so einer Ladung, musste das sein?"

„Klaro, ist doch geil!", konterte ich. „Hätte ich das nicht tun sollen? Ist doch total normal." „Schon, aber nicht so unerwartet. Sag nächstes Mal Bescheid, bevor Du kommst, okay?" Etwas zimperlich war sie, die Kleine, aber das sollte kein Hindernis darstellen. Eine halbe Stunde später ging ich. Ich bedankte mich für den schönen Abend, sie auch. „Das wiederholen wir doch, oder?", fragte sie mich an der Tür. „Gerne", antwortete ich, „wenn Du möchtest, schon morgen." Sie strahlte.

Am nächsten Tag musste ich wieder zu Joanna, ihre Projektfortschritte begutachten. Ihre Skizzen und Ausarbeitungen sahen vielversprechend aus. Diesmal überkam es uns am Arbeitsplatz. „Ich bin furchtbar geil auf Dich", stöhnte mir Joanna ins linke Ohr, „am liebsten würde ich hier mit Dir ficken." „Machbar", sagte ich und sperrte die Bürotür zu. „Jetzt sind wir ungestört", hauchte ich ihr zu und küsste sie zärtlich. „Quickie", forderte sie. „Viel Zeit haben wir nicht, es kann immer jemand kommen."

Schnell zog ich meine Hose runter und sie ihr Höschen. Sie rubbelte kurz meinen Penis hart, doch genau in dem Moment, wo ich ihn ihr reinstecken wollte, versuchte jemand, die Tür zu öffnen. Dann klopfte es. „Hallo? Joanna?", hörte man eine weibliche Stimme rufen. Panisch zogen wir uns die Hosen hoch und Joanna antwortete: „Ja, ich bin gleich da!" Rasch und verlegen öffnete sie die Tür, da stand eine hübsche Blondine mit einem Aktenordner in der Hand. „Hier, für Dich", sagte sie und drückte Joanna die Mappe zu. Dann blickte sie mich an. „Guten Tag", stotterte ich und lächelte die Unbekannte höflich an. Die grinste nur frech, warf Joanna einen vielsagenden Blick zu und verschwand.

Joanna schloss zügig die Tür, wir schauten uns an und begannen zu lachen. „Wie peinlich", kicherte sie, „was die sich wohl gedacht hat." „Das möchte ich lieber nicht wissen", grinste ich zurück. „Na komm, lass uns noch ein bisschen arbeiten, zuerst die Arbeit, dann das Vergnügen", lud ich Joanna ein, wieder am Schreibtisch Platz zu nehmen. Sie gehorchte. 2 Stunden später waren wir so scharf aufeinander, dass wir beschlossen, die Arbeit nun ruhen zu lassen und uns schöneren Dingen zu widmen.

Wir fuhren wieder zu ihr. „Endlich!", jubelte Joanna, als wir die Wohnung betraten. „Und jetzt, fick mich!" Ich vergeudete keine verschissene Sekunde und machte mich über sie her.

Die lästigen Klamotten waren schnell abgestreift und auf dem Sofa nahm ich sie in der Missionarsstellung. Zeit für ein Kondom hatten wir nicht. Tief stieß ich ihn hinein, so tief, dass sie vor Aufregung schrie. Ich variierte Tempo und Stellung.

„Jetzt ich oben!", wollte Joanna und nahm genüsslich auf mir Platz. Sitzend dominierte sie mich nach allen Regeln der Reitkunst. Ihre Muschi war eng und umarmte meinen Penis fest. Bald spürte ich mein Zauberwasser kochen. Schnell schubste ich Joanna von mir herunter und gab ihr das Kommando, mit dem Mund die Arbeit zu vollenden. Das tat sie auch.

Mit kräftiger Unterstützung ihrer rechten Hand blies sie mich zu einem sensationellen Orgasmus. Ich kam laut und heftig und spritzte meine Ladungen zuckend ab. Diesmal war die orale Spermaaufnahme kein Problem für sie, schließlich hatte ich sie ja vorgewarnt. Sie schluckte brav und grinste mich dabei teuflisch geil an. „Rattenscharf", hechelte ich und schloss meine Augen, um mich zu entspannen. Joanna kuschelte sich eng an mich und drückte mich fest.

Dann blickte sie mir tief in die Augen: „Du, ich habe mich voll in Dich verliebt. Ich möchte mit Dir zusammen sein." Heikel, dachte ich, was soll ich der antworten? Dass sie nur ein Lustspielzeug für mich ist, eine Puppe für das Bett, ein Feierabendgeschenk, ein Fick. Ich musste ihr reinen Wein einschenken und tat dies: „Hey, Du bist echt süß und eine tolle Frau, aber ich bin nicht in Dich verliebt." Sie riss die Augen weit auf und schluckte tief. „Dann bedeute ich Dir also nichts?"

„Wahrscheinlich nicht so viel, wie Du es gerne hättest", gab ich zurück. Unangenehme Stimme. Ich blickte demonstrativ auf die Uhr und stellte fest: „Du, ich muss jetzt weg, für morgen ein Projekt vorbereiten." Ich zog mich an und verabschiedete mich von ihr. „Bis morgen." Am nächsten Tag verhielt sich Joanna zurückhaltend. Keine Annäherungsversuche, keine aufreizenden Blicke. Immer wieder versuchte ich an sie heranzukommen und vom Beruflichen ins Private abzuschweifen, doch sie blieb stur bei der Arbeit.

Irgendwann reichte es mir und ich stellte sie zur Rede: „Was ist denn los?" „Nichts. Was meinst Du?", fragte sie zurück. „Dein Verhalten mir gegenüber hat sich verändert. Du behandelst mich wie einen Fremden. Warum?"

Joanna schluckte und blickte mich verzweifelt an: „Ich komme damit einfach nicht klar. Ich kann nicht mit Dir vögeln, wenn Du es nur als Spiel ansiehst." „Aber es ist doch kein Spiel …", erklärte ich ihr, doch sie fuhr mir ins Wort: „Ich habe Gefühle für Dich, Du aber nicht für mich. So macht das keinen Sinn. Das kann ich nicht, da fühle ich mich schäbig und ausgenutzt. Lass uns ab jetzt nur noch professionell miteinander umgehen, okay?"

„Wenn es Dein Wunsch ist, dann machen wir das", sagte ich schnippisch und packte meine Sachen. „Was ist, warum gehst Du jetzt?", fragte sie eingeschüchtert. „Ich will Dich nicht von der Arbeit abhalten, schließlich bezahle ich Dich für Leistung, also arbeite und bringe das Projekt anständig zu Ende. In 1 Woche will ich Resultate sehen." Mit diesen Worten ließ ich sie stehen und ging. Das war brutal von mir, sie so zurückzulassen, aber Business is Business. Joanna tat mir leid, aber sie hatte sich selbst ins Aus buxiert.

Auf dem Weg zum Auto rief ich meinen Kollegen Jack an und übergab ihm den Auftrag, sich von nun an um das Webseiten-Projekt zu kümmern. Ich gab ihm die Kontaktdaten von Joanna und hakte das Thema für mich ab. Ich wollte gerade in mein Auto steigen, das tippte mir jemand von hinten auf die Schulter. Ich drehte mich um und staunte nicht schlecht: Es war die hübsche Blondine, die Joanna und mich im Büro in flagranti erwischt hatte.

„Und, schon fertig für heute?", grinste sie mich frech an. „Ja", sagte ich souverän und betrachtete sie: schöne Augen, schönes Gesicht, geile Figur, bezauberndes Lächeln, gute Titten. Ich schätzte sie auf 24. „Und wie läuft die Zusammenarbeit mit Joanna?", bohrte sie weiter. So ein freches Luder! Ihr machte es sichtlich Spaß, mich in Verlegenheit zu bringen. Mir wurde es zu viel: „Hören Sie auf mit Ihren blöden, verdeckten Andeutungen! Wenn Sie mir etwas zu sagen haben, dann sagen Sie es mir klar und deutlich!"

„Ach, nichts", meinte sie, „ich beneide nur meine Kollegin, dass sie den Auftrag mit Ihnen bekommen hat, und nicht ich!" „Wie meinen Sie das?", fragte ich nach. „Naja, nicht jeder Kunde ist ein so attraktiver Mann wie Sie!"

Was für Worte! Meinte sie es ernst oder wollte Sie mich lächerlich machen? Das musste ich herausfinden. „Wenn ich Ihnen so gut gefalle, dann werden Sie sicher nicht Nein sagen, wenn ich Sie zum Essen einladen würde." Sie überlegte kurz.

„Ich würde mich freuen und annehmen", war ihre Antwort. „Morgen Mittag?" „Ja, würde passen, so 12 Uhr." „Hier beim Italiener?" „Einverstanden", säuselte sie, „ich freue mich." „Ich mich auch", jubelte ich und fuhr von Dannen.

Alexandra & Bettina

Pünktlich um die Mittagszeit des nächsten Tages fand ich mich wie verabredet beim Italiener ein und wartete auf die hübsche Blondine. Ich wartete 5 Minuten, 10 Minuten, 15 Minuten, doch sie kam nicht. Als ich verärgert gehen wollte, stürmte sie mir endlich entgegen. „Sorry für die Verspätung", keuchte sie, „ich hatte noch ein wichtiges Gespräch", entschuldigte sie sich für ihr peinliches Zuspätkommen.

„War wohl etwas sehr, sehr Wichtiges", fauchte ich sie an und war auf ihre Ausrede gespannt. „Ja", antwortete sie kurz und trocken und bestellte sich eine Apfelsaftschorle. „Nun mal raus mit der Sprache", ging ich in die Offensive. „Was war der Grund?" „Sie." Ich schluckte. „Ich?" „Ja", meinte die Blonde, „Joanna war heute ziemlich geknickt und ich habe sie gefragt, was los sei. Da hat sie mir das mit Ihnen erzählt."

So ein Luder, dachte ich, typisch Frau, muss gleich alles umhertratschen und petzen, dem Mann die Schuld in die Schuhe schieben und die Enttäuschte spielen. „Was hat sie denn genau erzählt?", wollte ich wissen. Die Namenlose schluckte und zierte sich, doch einer erneuten und deutlicheren Aufforderung meinerseits konnte sie nicht standhalten. „Naja, ich habe ja mitbekommen, dass zwischen Ihnen und Joanna etwas läuft, das war ja nicht zu übersehen. Ich kenne Joanna gut und sie war die letzten Tage sehr glücklich, was wohl an Ihnen lag. Doch heute Morgen war sie völlig aufgelöst, da habe ich vorsichtig nachgefragt und sie erzählte mir die Story."

„Was für eine Story?" „Na, dass sie sich in Sie verliebt hat, aber dass Sie kein Interesse an einer Beziehung mit ihr haben." „Tja, so ist nun mal das Leben", konterte ich lässig. „Für mich gibt es auch Sex ohne Liebe." „Da stimme ich Ihnen zu", lächelte mich die süße Blondine an. Das war ein klares Zeichen! Eine Einladung auf mehr! Oder einfach nur so daher gesagt? Das musste ich herausfinden. Ich musterte sie genau, was sie etwas verunsicherte. „Was schauen Sie mich so komisch an?", fragte sie überrascht. „Ich überlege gerade, wie das wäre … Sie und ich …".

„Heißt das, Sie würden gerne mit mir …?" „Ja", beantwortete ich ihre nicht zu Ende gestellte Frage und entlockte ihrem Gesicht ein Grinsen. „Und, was sagen Sie?" „Sie sind ziemlich direkt", stieß sie mich an, „da weiß man genau, wo man steht." Sie blickte mir tief in die Augen: „Meine Antwort ist Ja, ich gehöre Ihnen."

Wir aßen unsere leckeren Pizzen auf und verabredeten uns für 18 Uhr bei ihr zu Hause. „Ach übrigens, ich heiße Alexandra", war ihr letzter Satz, bevor ich in meinem Wagen zurück in die Firma brauste. Ich zählte die Minuten rückwärts, bis es endlich 17:30 Uhr war, dann packte ich meine Sachen und fuhr in die Sonnenstraße, wo die knackige Alexandra wohnte.

Ich klingelte, sie öffnete. Eine kleine, aber schöne Bude hatte sie. 2 Zimmer mit Balkon im 4. Stock eines großen Hauses. In T-Shirt und Jeans empfing sie mich locker und zeigte mir schnell ihr Reich. Sie beendete die Führung im Schlafzimmer. „Hier sind wir richtig", hauchte sie mir ins Ohr und machte es sich auf dem Bett gemütlich. „Wenn Du mich willst, musst Du schon herkommen. Ich beiße nicht!", grinste sie mich verführerisch an.

Das ließ ich mir nicht zweimal sagen. Schon saß ich neben ihr und begann sie sanft zu küssen. Ich streichelte ihren kleinen Kopf und fuhr durch ihre langen, blonden Haare. Gierig küsste sie mich, ihre Zunge war dabei sehr aktiv. Ihre flotten Händchen spielten sich unter mein Hemd und massierten meine Brustwarzen.

„Zieh mich aus", stöhnte sie und schob meine Tatzen an ihre Hose. Kurz darauf war sie nackt. Sie war sehr schön. Ihre Brüste standen wie eine Eins, sie waren handgroß und fühlten sich einfach toll an. Tiefer wanderten meine Augen und meine Hände. Ihr Bauch war wunderschön, gut trainiert, sexy. Aber am schönsten war ihre Pussy. Ein hellblonder Schamhaarstrich verzierte ihren Venushügel. Ich blickte wieder hoch, sie strahle mich an und küsste mich wild. Während ich sie streichelte, zog sie mich aus und staunte nicht schlecht, als sie meinen steifen Dong zu Gesicht bekam: „Der ist aber schön", lobte sie, „den muss ich unbedingt blasen." „Gerne", entgegnete ich und sah zu, wie sie mit unfassbarer Zärtlichkeit meine gerade Banane in den Mund schob und daran zu lecken begann.

Es fühlte sich himmlisch an. Warm und soft war ihr Mund, so weich waren ihre roten Lippenstiftlippen, klein und fein ihre Hände. Ich lag da und schaute an die Decke. Was sah ich da: einen Spiegel! Wie geil!

Live and in living colour bewunderte ich Alexandra bei der Arbeit. Ihr Saugtempo wurde langsam schneller. Knallhart war nun mein bestes Stück, und bereit, abzuspritzen. „Jetzt!", warnte ich sie vor und ejakulierte, doch Alexandra störte mein Sperma überhaupt nicht. Genüsslich ließ sie sich besamen und schluckte alles hinunter. „Mein lieber Scholli, Du bist aber heftig gekommen", lächelte sie mich an, „Dein Körper zittert ja immer noch." Stimmt.

Nun war sie dran zu zittern. Zärtlich begann ich, ihren Traumkörper zu stimulieren. 170 cm waren das und 52 kg. Ihre Brustwarzen zählten definitiv zu ihren erogenen Zonen. Alexandra zuckte wild herum, als ich an ihnen saugte. Dann ging es tiefer. Schließlich kam ich an ihren Venushügel und leckte zärtlich darüber. Noch etwas tiefer und ich war am Ziel: Muff diving stand an. Ich leckte zuerst ihre äußeren Schamlippen, dann die inneren. Lecker schmeckten sie alle 4. Dann stieß ich meine Zunge in ihre Möse und setzte meine Twister-Leck-Technik ein, die sie wahnsinnig machte. „Wie geil", stöhnte sie, „mach weiter!"

Höchst motiviert machte ich weiter und erlebte ihren Orgasmus hautnah und verdammt intensiv. Ihre Kontraktionen waren heftig, ich leckte weiter und ließ nicht locker. Nach 30 Sekunden wurde sie etwas ruhiger, doch ich leckte weiter und spürte, dass da mehr rauszuholen war. Ich hatte Recht. Alexandra verdrehte die Augen und ließ sich erneut gehen. 3 Minuten später kam sie zum zweiten Mal. Erschöpft, aber glücklich lächelte sie mich an und küsste mich auf den Mund. „Das war oberaffenhammergeil!"

„Schön", lächelte ich zurück und nahm sie in meinen Arm. Da lagen wir nun, Alexandra und ich, glücklich und zufrieden. Alexandra war süß. Sie gefiel mir! Ihre freche, kindliche und zugleich direkte Art sprach mich an. Ich musste mehr von ihr haben. Das sagte ich ihr auch. „Okay, was hältst Du von morgen, 18:30 Uhr?", fragte sie mich.

„Yes, Baby", antwortete ich. Ich zog mich an und verabschiedete mich mit einem Versprechen: „Morgen ficken wir!" Das gefiel ihr. Sie knutschte mich geil und blickte mir nach, wie ich die Treppen herunterflitzte. Der nächste Tag war so schön wie erwartet. Punkt 18:30 Uhr klingelte ich bei ihr, sie öffnete und fiel mir um den Hals. Noch bevor ich Hallo sagen konnte, zog sie mich rein und dann aus. „Endlich", rief sie aufgeregt, „darauf habe ich mich schon den ganzen Tag gefreut." „Ich auch!"

3 Minuten später hatte sie ein rotes Noppenkondom in der Hand und streifte es mir über. Zärtlich bestieg sie mich und ließ ihr Becken über meinen Penis kreisen. Dann endlich die entscheidende Abwärtsbewegung. Mein Dong passte genau. Es war ein umwerfendes Gefühl, ihre saftige Pussy zu spüren.

Sehr elegant bewegte sie sich auf und ab, ihre teilrasierte Muschi war süß und unschuldig. Umso sündenhafter wurde das Spiel. Schneller wurde sie, immer schneller. Ich spürte es in mir brodeln, doch das konnte ich ihr nicht antun nach nur 2 Minuten Ritt. „Warte mal", stieß ich sie an, „lass mich mal." Sie fügte sich meiner Entscheidung und streckte mir freundlich ihren Arsch entgegen. Der gefiel mir so gut, dass ich versehentlich fast Luke 2 benutzte.

„Moment mal, warte", drehte sie sich erschrocken um, „Du bist zu hoch!" „Ja, das habe ich auch gemerkt", entschuldigte ich mich, „ist wohl die Aufregung. Jetzt aber!" Diesmal war es die richtige Öffnung. „Ah, geil!", stöhnte sie leise, während ich sie langsam von hinten vögelte. Ich musste es langsam tun, sonst wäre es schon nach wenigen Sekunden vorbei gewesen. „Fick mich härter", bettelte sie. „Ja, aber dann komme ich gleich." „Egal, dann komm, ich will, dass Du in mir kommst."

Na gut, dachte ich, wenn sie will, dann kriegt sie es. Also steigerte ich mein Tempo und spritzte meine Ladung ins Kondom. Gleichzeitig kam auch sie. Ihr Po wackelte, während sie spitze Schreie ausstieß. Fertig. Sie blickte mich mit ihren süßen, blauen Augen an. Ich fühlte mich wie im siebten Himmel. „Das war schön!", strahlte sie. „Fand ich auch!", nickte ich und nahm sie in den Arm. Alexandra erzählte mir mehr von sich. Ich erfuhr, dass sie 25 war und nichts von Beziehungen hielt.

„Es gehen sowieso alle fremd, also wieso dann versuchen, treu zu sein?", war ihre Einstellung. „Und wenn man jung ist, muss man sich austoben und Spaß haben." Jep! „Genug geplappert, jetzt wird mal geblasen", leitete ich die zweite Sex-Runde des Abends ein. Ich hielt ihr meinen Penis hin und sah zu, wie sie ihn geschickt mit ihren niedlichen, kleinen Händen masturbierte. Zuerst mit der linken, dann mit beiden, dann mit der rechten Hand. Zwischendurch immer wieder 3 kleine Blaser.

Nun kraulte sie mir sanft die Eier, während sie immer schneller wichste. Ohne Vorwarnung schoss es aus mir heraus, gerade als sie ihn im Mund hatte. Sie zuckte kurz, doch dann saugte sie gierig mein Sperma auf. Etwa 10 Ladungen waren es, die sie schluckte und mich dabei anstrahlte. Geil! So ein Luder!

Als es vorbei war, schaute sie mich brav an: „Leckst Du mich noch so toll wie gestern?" „Klar", antwortete ich und machte mich über ihre Klitoris her. Zuerst streichelte ich sie mit meinem rechten Zeigefinger, dann mit der Zunge. 2 cm tief hinein und dann mit kreisenden Bewegungen gegen die obere Scheidenwand drücken – das ist die Welttechnik, die alle Frauen glücklich macht. So auch Alexandra.

Stöhnend bebte sie innerhalb von 4 Minuten zum Höhepunkt. „Gott, das ist mega!", kreischte sie, als sie kam. Ich leckte fleißig weiter, bis das Gewitter vorüber war. „Mann, kannst Du das gut!", freute sie sich und drückte mich fest an sich. Die nächsten 2 Tage war ich leider verhindert, Alexandra zu besuchen. Dann aber klappte es wieder. „Lege Dich schon mal aufs Bett, ich bin gleich bei Dir", hauchte sie mir ins Ohr und verschwand. Ich war gespannt. Was hatte sie vor?

3 Minuten später kam sie wieder, in Strapse. Mir stockte der Atem. Sie drückte aufs Knöpfchen und Joe Cocker erklang aus dem CD-Player. Dazu strippte sie. Ich konnte es nicht fassen. So einen exklusiven Livestrip hatte ich lange nicht mehr erlebt. Ich saß da und genoss. In meiner Hose spürte ich eine Delle: mein Handy. Mit dem konnte ich gute Fotos machen. Sie fragen? Nein, ich traute mich nicht. Ich muss aber! Also doch! „Das törnt mich so an, das ist so sexy, was Du da machst, davon würde ich gerne ein Foto machen. Darf ich?", fragte ich schüchtern.

„Aber nur eines", willigte sie ein. Ich zückte blitzschnell mein Handy und drückte aufs Knöpfchen. „Geil!", sagte ich und hielt ihr das Foto hin. Ihr schien es zu gefallen. Freizügig posierte sie weiter und hatte kein Problem damit, dass ich zum zweiten Mal blitzte. Und wieder ... und noch mal ... und immer wieder. Pose für Pose präsentierte sie sich mir. Immer noch geiler, immer noch verruchter.

Am Ende waren es 25 Fotos, die ich von ihr hatte. Nun war sie ganz nackt und kam zu mir aufs Bett gekrochen. „Na, hat Dir die Show gefallen?", fragte sie mich. „Fühl mal in meine Hose, dann hast Du die Antwort", grinste ich und ließ sie gewähren. Schwupps, war er schon draußen. Ich lag da wie Gott in Frankreich und schaute zu, wie sie Flöte spielte. Mein Fotohandy lag neben mir. „Lass doch mal sehen, wie Du das siehst", forderte sie mich überraschend auf, weitere Fotos zu machen und drückte mir mein Handy in die Hand.

Das erste Bild, das ich machte, war leider verwackelt. Das zweite war umso besser: mein Dong in ihrem Mund, ihre rechte Hand an meiner Peniswurzel, ihre linke Hand auf meinem Bauch, ihre Augen glänzten in die Linse. Ich zeigte ihr das Bild, was sie noch geiler machte. Nun fing sie an, mit der Kamera zu kokettieren. Ich zierte mich nicht und drückte immer wieder auf den Glücksauslöser, so lange, bis ich kam.

„Jetzt gleich!", stöhnte ich und filmte den krönenden Abschluss. Geil drückte sie ihre Zunge an meine Penisspitze und wichste fleißig weiter. Die ersten 3 Spritzer waren heftig und verteilten sich im Raum, dann hielt sie ihre rechte Titte an meinen Penis und kleckste diese mit meinem Kleber voll. Es war so verdammt geil! Als ich fertig war, wollte sie die Bilder unbedingt sehen.

Wir staunten nicht schlecht: Alexandra wirkte wie eine professionelle Pornodarstellerin, so gut war ihr Kameraspiel. Zuerst die Stripfotos, dann die Sexfotos. Wir wurden beim Sichten wieder geil und ich begann, Alexandra unten rum zu streicheln. Als ich auf dem Video kam, kam sie in Reality. Ihre zarte Pussy krampfte sich zusammen und pulsierte wie verrückt. Erschöpft kuschelte sie sich in meinen Arm und wir schliefen glücklich ein.

Am nächsten Abend war ich wieder bei ihr. Wild und gleichzeitig zärtlich begannen wir uns zu streicheln und zu küssen. Schnell waren wir nackt und bereit, den Akt zu vollziehen. „Los, schlaf mit mir!", forderte sie mich auf und zog mir ein rotes Noppenkondom über.

Da lag sie, jung, sexy und geil auf mich. Ich küsste ihre Klitoris und öffnete vorsichtig ihre Schamlippen. Dann drang ich in sie ein. Laut stöhnend quittierte sie dies und drückte ihre Beine weit auseinander. Ich fing an zu rammeln und rammelte wie ein Weltmeister. Über 30 Minuten fickte ich sie in der Missionarsstellung, immer wieder hielt ich inne und meinen Orgasmus unter Kontrolle, aber als sie kam und ihre Pussy pulsierte, konnte ich mich nicht mehr beherrschen und kam ebenso zuckend zu meinem happy ending.

Das Wochenende wollte ich komplett bei ihr verbringen, doch eine heiße Überraschung erwartete mich dort. Als ich eintrat, bemerkte ich, dass jemand auf dem Sofa saß. Ich stieß zurück und zog Alexandra vor die Tür: „Du hast Besuch?" „Ja, eine gute Freundin von mir, Bettina, aus Österreich. Komm, ich stelle sie Dir vor." Alexandra schleifte mich ins Wohnzimmer und ich durfte Bekanntschaft mit der hübschen Unbekannten schließen. „Bettina, Hallo!", ertönte es aus einem süßen Mündchen, das mir gefiel. Aber auch der Rest der jungen Dame war nicht zu verachten.

Bettina war 1,65 m groß und mittelschlank. Ich schätzte sie auf 64 kg. Schwarze Haare, nackenlang, frech geschnitten, große Titten und ein verdammt heißer Minirock. So stand sie da und lächelte mich an. „Ist das ein guter Freund von Dir oder so?", fragte Bettina Alexandra neugierig. „So in etwa", grinste Alexandra und zwinkerte ihr zu. „Ich verstehe, Dein Lover also." Beide kicherten. „Wir haben viel Spaß zusammen, wenn wir uns treffen. Der Sex mit ihm ist klasse, er ist total easy drauf." Bettina überlegte und grinste mich an:

„Wenn Du so locker drauf bist, hättest Du doch sicher nichts gegen Sex zu dritt einzuwenden, oder?" Ich hielt inne. „Wie war das?" „Na, Sex mit uns beiden. Hast Du Lust?" Ich blickte Alexandra an, die fröhlich lachte. „Na, hat es dem Herrn die Sprache verschlagen?", grinste sie mich verwegen an.

„Ihr seid mir durchtriebene Weiber", lachte ich und freute mich auf mehr. „Komm mit auf die Spielwiese", führte mich Alexandra ins Schlafzimmer, „und lege Dich hin, wir sind gleich bei Dir." Ich gehorchte und machte es mir auf dem Bett gemütlich. Nach 3 Minuten kamen die beiden Grazien herein und auf mich zu.

„So, Schlachtplan besprochen, jetzt kann es losgehen", flirtete mich Bettina an und ließ ihre Hüllen fallen. Ihr Körper war schön, doch etwas gedrungen. Sie war ein Rasseweib, eine Vollfrau: ausgeprägte Rundungen vorne und hinten. Schüchtern war sie nicht, sie ging voll ran. Mit zügigen Bewegungen streifte sie mir meine Klamotten ab und begann, meinen gut trainierten Oberkörper zu küssen. Das gefiel mir. Noch mehr, als sich Alexandra dazugesellte. Nun küssten 2 Frauen meinen nackten Oberkörper. Wie geil!

Alexandra war die erste, die meinen Penis in die Hand nahm und wichste. Gerne übergab sie das Ruder an Bettina, die es ebenso gut konnte. Ihre kleine, aber etwas fette Hand griff fest zu und schob meine Vorhaut schnell und kräftig auf und ab. Ich stöhnte leise vor mich hin und betrachtete beide Frauen, wie sie mir zu Füßen lagen.

Noch wenige Sekunden, dann kommt es. Bettina spürte dies wohl und masturbierte mich noch schneller, was meinen obligatorischen Orgasmus zur Folge hatte. Als ich kam, stoppte Bettina abrupt und hielt ihn fest, während es herausspritzte. Das mag ich nicht so gern, Wichsen ist viel schöner. Gott sei Dank ergriff Alexandra meinen Prödel und wichste schön weiter.

„Und, war es gut?", fragte mich Bettina mit hochgezogenen Augenbrauen. „Ja, war geil", antwortete ich, „aber nächstes Mal mach es bitte zu Ende, nicht einfach aufhören, wenn ich komme." „Okay", sagte sie kleinlaut und blickte Alexandra hilflos an. Die nickte. Anziehen. Essen.

Dabei erfuhr ich etwas Hochbrisantes: Bettina und Alexandra waren mal ein Paar! „Da waren wir Anfang 20 und hatten uns ineinander verliebt", erklärte mir Alexandra. „Ich war schockiert und dachte, ich sei lesbisch. Ein halbes Jahr waren wir zusammen, doch dann kamen neue Männer in unsere Leben und wir trennten uns, sind aber bis heute sehr gute Freundinnen geblieben."

Eine atemberaubende Story. Alex kramte im Schrank und zeigte mir ein Bild von damals. Supersexy! 2 sich küssende Frauen waren zu sehen. „Das sind wir", lächelte Bettina stolz und warf ihrer Ex heiße Blicke zu. „Weißt Du, Frauensex ist geil", erklärte mir Alexandra, „Bettina war die erste Frau in meinem Leben, aber nicht die letzte."

„Das Besondere an Frauensex ist, dass Frauen viel besser lecken können als Männer", grinste Bettina mich frech an. Noch bevor ich protestieren konnte, tat dies Alexandra: „Da gibt es aber auch Ausnahmen. Unser Womanizer hier kann das nämlich verdammt gut." Bettina starrte mich mit großen Augen an: „Wirklich?" „Ja", bestätigte Alexandra, „der leckt so gut, dass Du die Engel singen hörst!"

Verzückt stolzierte Bettina auf mich zu, packte mich am Schlafittchen und zog mich zu sich aufs Sofa. „Na los, beweise es", forderte sie mich auf, mein Können zu demonstrieren.

„Und was bekomme ich dafür?", fragte ich. „Blowjob." Richtige Antwort. Bettina zog sich Rock und Höschen aus und öffnete ihr etwas haariges Paradies. Ich begann zu lecken. Alexandra war nun auch geil und knutschte mit Bettina, sodass die kaum noch Luft bekam. Plötzlich wurde sie unruhiger – ich verstand: ihr Orgasmus war bald hier. Also bog ich auf die Zielgerade und leckte mein bestes Repertoire, da kam sie auch schon.

Heftig und zuckend kam sie mir ins Gesicht. Weibliches Ejakulat spritzte mir unerwartet in die Augen, in die Nase und in den Mund. Ich musste es sofort ausspucken, sonst hätte ich mich auf der Stelle übergeben. Ich ließ von der zitternden Spritzerin ab und stürmte ins Badezimmer, wo ich mit frischem Wasser gurgelte und mir Bettinas krasse Schleimsoße aus dem Gesicht wischte.

Dann kam ich zurück zum Blickpunkt des Geschehens und erlebte erneut eine Überraschung: Bettina leckte Alexandras Muschi. Es dauerte nicht lange, dann kam sie. Heftig stöhnend zitterte Alexandra am ganzen Leib und drückte ihr Becken in Bettinas Gesicht. „Ich war so geil, ich konnte nicht auf Dich warten", rechtfertigte Alexandra ihre Sexlust und blickte mich reumütig, aber glücklich an.

Die Bettina guckte mich fragend an: „Du, wieso bist Du plötzlich weggewesen?" Eine blöde Frage, die ich ehrlich beantworten musste. „Weil Du mir voll ins Gesicht gespritzt hast, Du hättest mich warnen können, so etwas erlebt man nicht alle Tage." „Oh, sorry", entschuldigte sich die kleine Maus, „hab ich in der Erregung vergessen." „Schon gut", antwortete ich trocken. „Hat es Dir wenigstens gefallen?"

„Ey Mann, das war voll geil!", lächelte sie mich befriedigt an. „Du kannst wirklich besser lecken als die meisten Frauen!" Als die meisten? Als jede, dachte ich und kam auf mein Lieblingsthema zu sprechen: „Wie war das noch mal mit dem Blowjob?" „Den bekommst Du jetzt", grinste Bettina und legte los.

Ich lag da und genoss es. Meine Hose behielt ich an, sie blies durch den geöffneten Reißverschluss. Sie blies genauso kräftig, wie sie wichste. „Lass mich auch mal!", bettelte die wilde Alexandra und lutschte nun auch meinen Zauberstab auf und ab. „Was meinst Du, wie lang ist der?" „Ich würde sagen, gute 15 cm", antwortete Alexandra ihrer Freundin. Genau richtig! So lang ist er auch.

Diese 15 Einheiten verschwanden nun abwechselnd und abwichselnd in den schönen und hungrigen Mündern der beiden Busenfreundinnen. Ich hatte mein Handy dabei und wollte unbedingt Fotos machen. „Darf ich?", fragte ich Bettina und hielt ihr mein Handy vor die Nase. „Wie, Du willst telefonieren?", fragte sie mich ungläubig. „Nein, fotografieren!", konterte ich. „Ach, wenn es weiter nichts ist", gab sie mir ihr Einverständnis und ich legte los. Alexandra hatte ohnehin nichts gegen Fotos, ich habe ja schon ganz tolle vor ihr!

Die Fotos, die ich schoss, waren geil! Alexandra sah aus wie ein Engel, zart, schlank und schön, Bettina wirkte deutlich stabiler, trotzdem strahlte sie ziemlich viel Erotik aus. Langsam kapierte ich, dass ich dieses Dauergeblase nicht ewig aushalten konnte und bat die Ladies, langsamer zu machen. Genüsslich nahmen sie sich alle Zeit der Welt und spielten mit der Kamera und meinem Dong. Ich klickte über 40 Mal. Tolle Fotos! Geile Fotos! „Jetzt könnt Ihr Gas geben!", gab ich ihnen den Befehl, das Werk zu vollenden.

Bettina ergriff die Initiative und blies mich schnell und entscheidend in Richtung Samenerguss. Alexandra wollte auch mitblasen, aber Bettina gab ihn nicht mehr aus dem Mund. Ich kam kräftig und spritzte meinen Samen in ihr gutes Mündchen hinein. Als es ihr zu viel wurde, übergab sie meinen Helden an Alexandra, die schnell weiterwichste und den restlichen Samen von meinem Glied leckte. „Und, hat es Dir gefallen?", fragte mich Bettina mit etwas heiserer Stimme. „Ja, war supergeil!", lächelte ich und zog mir den Reißverschluss wieder zu.

Diese doppelte Frauenpower war schön, aber auch anstrengend. Ich beschloss, lieber alleine zu Hause zu schlafen, als bei diesen Hyänen. Ich verabschiedete mich von Alexandra und Bettina und ging. Alexandra schrieb ich noch diese WhatsApp: „Hey Süße, war schön mit Euch! Liebe Grüße auch an Bettina. Bis bald. Bussi!"

Esther

3 Wochen später lernte ich Esther kennen. Ich war in Nürnberg unterwegs, als mir im Stadtverkehr eine junge Dame vors Auto sprang. Ich durchdrückte die Bremse und kam wenige Zentimeter vor ihr quietschend zu stehen. Mann, das war knapp, dachte ich und spürte mein Herz wie wahnsinnig pochen. Ich blickte raus, die Blondine zitterte am ganzen Leib.

Ich stieg aus und checkte, ob sie okay war. „Geht so", murmelte sie, „Sie hätten mich fast erwischt." „ICH?", fragte ich laut. „SIE sind mir vor den Wagen gelaufen!" „Ich weiß. Ich war wohl abgelenkt. Ich habe Sie einfach nicht wahrgenommen, nicht kommen sehen. Tut mir leid." „Zum Glück ist nichts passiert", tröstete ich sie und wischte ihr Tränen aus dem Gesicht. Sie tat mir leid. Sie wirkte so mitgenommen, zerbrechlich und geschockt, ich musste mich um sie kümmern. „Steigen Sie ein, ich bringe Sie nach Hause", bot ich ihr an.

Gesagt, gefahren. Esther war sehr zurückhaltend und zog es vor, während der Fahrt zu schweigen. Fragen beantwortete sie nur kurz und knapp. Als wir vor ihrer Wohnung waren, wusste ich von ihr lediglich, dass sie 23 Jahre alt war, Zahnarzthelferin und erst seit 3 Wochen in Nürnberg lebte.

„Hier, wenn noch etwas sein sollte oder Sie Hilfe brauchen, rufen Sie mich an", sagte ich und schrieb ihr meine Handynummer auf. „Ich bin bis Sonntag hier." „Okay", stotterte sie und verließ mein Auto. Ich sah zu, wie sie blass und schwachen Schrittes zur Eingangstür des Hauses Nr. 57 wankte und verschwand.

Am Abend klingelte mein Handy. „Hallo, hier ist Esther", meldete sich die unsichere Maus. „Was machen Sie gerade?" „Ich esse", schmatzte ich. „Tut mir noch mal leid wegen heute Mittag, es war keine Absicht. Ich war so durch den Wind und hatte meinen Kopf woanders." „Ach was, ist nicht weiter schlimm", beruhigte ich sie. „Alles vergessen." Die Esther fragte mich, ob ich am späteren Abend noch etwas vorhabe. Als ich verneinte, lud sie mich zu sich ein, mit der klaren Begründung, sie könne Gesellschaft jetzt gut gebrauchen.

Ich fuhr zu ihr und trat ein. Schüchtern begrüßte sie mich und führte mich ins Wohnzimmer, das riesig war. Etwa 70 m² groß. Dazu kamen Schlafzimmer, Bad und Miniküche. Schön wohnte sie. Ich fühlte mich wohl. Alles harmonisch eingerichtet, helle Farben, stilvolle Möbel, schick und trotzdem gemütlich. Esther erzählte mir, dass sie böse Heimweh habe und traurig darüber sei, nun ganz alleine in einer fremden Stadt zu sein. Aber „Job ist Job", meinte sie.

Esther war niedlich, etwa 1,70 groß, schlank und hatte schulterlange, blonde Haare. Sie trug einen hautengen Pulli und eine knackige Jeans. Je länger wir miteinander quatschten, desto mehr öffnete sie sich. Ja, sie lachte sogar. Mit meinem Charme gelang es mir schnell, Vertrauen aufzubauen und dieses Küken aufzulockern. Bald waren wir beim „Du". Wir schauten uns einen Actionfilm an und rückten dabei unauffällig, aber tatsächlich immer näher zusammen. Ich legte meinen Arm um sie und sie lehnte sich an mich. Ein gutes Zeichen.

„Bleibst Du über Nacht?", fragte sie mich hoffnungsvoll. „Wenn Du möchtest", sagte ich. „Oh, schön." Esther lächelte und machte sich bettfertig. Ich stellte meinen Uhrwecker auf 7:30 Uhr und legte mich zu ihr. Ganz eng kuschelte sie sich an mich. Da lagen wir nun, Körper an Körper. Ich wusste nicht, was ich tun soll. Einfach einschlafen mit ihr im Arm? Sie küssen? Sie fragen, ob sie mich will? Ich war mir unsicher. Esther genoss die Nähe zu mir und ich beschloss, es dabei zu belassen – zumindest für diese erste Nacht. Es fühlte sich toll an, sie in meinem Arm zu haben, sie zu spüren, ihren Atem zu hören, wie sie sich an mich klammerte und mich fest umschlang.

Am nächsten Abend war ich wieder bei ihr. Sie hatte extra für mich gekocht. Nicht irgendetwas, sondern ein ganzes Menü. Dazu Kerzenlicht und Musik. Danach kuschelten wir uns aufs Sofa und schauten Fotos. Irgendwann schaute sie mich verlegen an und sagte: „Du, ich würde Dich voll gerne küssen, darf ich?" Ich nahm ihr die Unsicherheit und küsste sie. Ihre Lippen waren warm und feucht. Sie konnte gut küssen, ja, irre gut. Als meine Hände unter ihr Top wanderten, atmete sie tief auf und machte sich endlich an meiner Hose zu schaffen. Weiter so!

Schnell war sie oben ohne. Ihre Brüste waren so niedlich, klein und formschön, ihre Haut rein und zart. Mein Penis ragte aus meiner Reißverschlussöffnung heraus und war freudig erregt. Er wuchs mit seinen Aufgaben. Und eine dieser Aufgaben war es, Esther zu beglücken. „Komm, lass uns ins Schlafzimmer gehen", flüsterte sie und zog mich mit. Wir machten dort weiter, wo wir aufgehört hatten: küssen, streicheln & mehr. Ich zog ihr Jeans und Slip aus. Ein Paradies sah ich: Ein kleines Schamhaardreieck verzierte ihren Venushügel. Ganz blonde Schamhaare, wie geil!

Ich küsste ihre Brüste und wanderte mit meinem Mund immer tiefer. „Ah!", stöhnte sie laut, als ich ihre Muschi zu lecken begann. Meine Zungenspiele waren zu viel für sie, schon nach 3 Minuten kam sie zum Orgasmus. „Wahnsinn! So einen krassen Orgasmus hatte ich lange nicht mehr!", hechelte sie und drückte mich fest. Sie kuschelte sich eng an mich und schnurrte. „So, jetzt verwöhne ich Dich", sagte sie nach ein paar Minuten und richtete sich auf. Mit unfassbarer Zärtlichkeit streichelte sie meinen Körper von oben bis unten, hinten und vorne, bis sie endlich meinen Schwanz in die Hand nahm und ihn zu massieren begann.

Ganz langsam schob sie meine Vorhaut hoch und runter, auf und ab und kraulte mir dabei die Eier. Bald erhöhte sie das Tempo und wechselte dann die Stellung. Sie kniete sich vor mich, weil sie mich dabei sehen wollte, sagte sie. Nun machte sie ernst. Mit Vollgas wichste sie mich über den point of no return hinaus und erlebte, wie mein Sperma hoch empor schoss und ich Wogen und Wellen der Lust genoss. Über 1 Minute machte sie weiter, bis der allerletzte Tropfen raus war. „Du hast einen wunderschönen Körper", lobte sie mich, „und Dein Penis ist verdammt ästhetisch. Der gefällt mir."

Wir nahmen ein romantisches Bad und Esther erzählte mir mehr aus ihrem Leben. Mit Männern habe sie bisher nur Pech gehabt, meinte sie. Eine lange Beziehung konnte sie vorweisen, sonst nur Unbrauchbares. „Du bist voll süß", meinte sie verlegen, „Du bist genau mein Typ." Sie strahlte mich an und küsste mich. Ich wollte mit ihr schlafen, doch das ging ihr zu schnell.

„Ich kann das nicht direkt am zweiten Abend", erklärte sie mir. „Bitte sei mir nicht böse, aber ich verwöhne Dich gerne noch mal." „Auch mit Mund?", fragte ich. „Hm, weiß nicht", zögerte sie und betrachtete meinen Penis. „Schön ist er", murmelte sie und küsste ihn. Ich schloss meine Augen und ließ es geschehen.

Zuerst mit der Hand, dann tatsächlich mit Mund brachte sie mich in Ekstase. Sie konnte verdammt gut blasen. Sehr zärtlich, die Bewegungen stimmten, der Rhythmus, das Tempo, alles war perfekt. Ich spürte meinen Saft brodeln und gab ihr Bescheid. Die erste Ladung ging in ihren Mund, der Rest spritzte und tropfte herum. Sperma klebte an ihren Lippen, sie sah so süß aus! Dieser blonde Engel machte mich sexuell sehr glücklich.

Sonntagabend, bevor ich mich auf den Weg nach Hause machte, war ich wieder bei Esther. Wir genossen diesmal schönes Heavy Petting in der 69er-Position und schenkten uns wieder tolle Orgasmen. Dann musste ich gehen. Esther weinte und wollte mich gar nicht loslassen. Tag für Tag rief sie mich auf Handy an und sülzte was von Sehnsucht und Liebe. Es gelang ihr, mich zu überreden, sie erneut besuchen zu kommen.

Esther empfing mich überschwänglich und voller Freude. Sofort landeten wir im Bett, wo sie es mir mit dem Mund besorgte und ich ihr mit den Fingern. Wir gingen romantisch essen und bereiteten uns auf den Abend vor, der etwas ganz Besonderes zu werden versprach. Esther machte schon die ganze Zeit solche Andeutungen, dass mir klar war, dass sie mit mir schlafen wollte. So kam es auch.

Viele Kerzen rund um das Bett zauberten ein Ambiente voller Romantik, Leidenschaft und Lust. Nach kurzem Vorspiel war es Esther, die die Initiative ergriff. Ganz langsam nahm sie auf mir Platz und fing an, mich zu reiten. Ihre Muschi war toll. Sie sah nicht nur geil aus, sondern fühlte sich auch geil an. In Slowmotion ritt sie. Stellungswechsel. Ich oben. Mein Tempo war schneller als das ihre. Meine Stöße waren mittelhart und genau. Rein, raus flutschte es, und ihre Muschi füllte sich mit Saft der Erregung.

Dann kam sie. Mann, kam sie heftig! Ihr Bauch zitterte, spitze Schreie stieß sie aus und ihre Vagina pulsierte wie verrückt. Das wiederum führte zu meinem Höhepunkt. Erschöpft lagen wir da und schnauften aus. „Mann, war das schön! So geilen Sex hatte ich lange nicht mehr!", strahlte Esther und küsste mich. „Du bist ein toller Mann!" Ich weiß, dachte ich und ging unter die Dusche. Danach fickten wir erneut. Diesmal Doggy, bis es zu Ende war. Ihr Po war so süß, ich hätte noch Stunden weitermachen können.

Am Samstag wollte Esther unbedingt mit mir Einkaufen gehen. Na schön, na gut. Ganze 4 Stunden schleifte sie mich durch Nürnberg auf der Suche nach Klamotten, Schuhen & Co. So hatte ich mir das Wochenende aber nicht vorgestellt. Als wir endlich wieder zu Hause waren, entschädigte sie mich mit einer zärtlichen Massage. Na immerhin.

Sie streichelte meinen ganzen Körper, dann meinen Penis zum Höhepunkt. Am Abend fickten wir noch zweimal. Das zweite Mal war besonders geil, da sie mit dem Mund den krönenden Abschluss suchte und fand. Ich spritzte meine Ladung voll hinein und sie schluckte alles. Sie atmete laut, es war eine Menge Sperma, doch sie schaffte es und lächelte mich glücklich an. „Mein Traumprinz", sagte sie, „ich liebe Dich."

Oh, das kann gefährlich werden, dachte ich und erinnerte mich an Joanna und andere Frauen, die sich in mich verliebt hatten, obwohl das nicht geplant war. Ich merkte, Esther wollte mehr und plante mit mir. Sie hatte sich in mich verknallt und wollte sich an mich binden. Nein, nicht mit mir! Ich musste ihr klarmachen, dass aus uns nichts werden würde, aber das konnte noch einen Tag warten.

Am nächsten Morgen weckte mich Esther mit einem Blowjob. Ich wurde wach und kam auch schon in ihr hungriges Mäulchen. Mein Samen hing an ihren Lippen, ein Bild für Götter! Ich leckte sie brav, dann frühstückten wir gut. Esther war so überschwänglich, so glücklich, während ich überlegte, wie ich es ihr am besten sagen soll. Nach dem Mittagessen wollte ich, doch sie war schon wieder dabei, mich zu verführen, ich konnte nicht widerstehen. Dieser Sex war unser letzter. Ich fickte sie geil, bis wir beide befriedigt waren.

Dann verabschiedete ich mich und fuhr nach Hause. Esther war todtraurig, dass ich ging und rief mich während der Heimfahrt dreimal an, um mir zu sagen, wie sehr sie mich vermisst und liebt. Sie war eine so süße Frau, ich konnte ihr einfach keinen Schlussstrich am Telefon ziehen. Daher griff ich auf ein Blatt Papier zurück und schrieb ihr folgenden Brief:

„Liebe Esther, was ich Dir schreibe, wird Dich bestimmt traurig machen, aber ich bitte Dich, es zu akzeptieren. Die Zeit mit Dir war wunderschön. Ich genoss jede Minute mit Dir. Du bist eine tolle Frau, und ich wäre glücklich, Dich meine Freundin zu nennen, doch es geht einfach nicht. Das Problem ist, dass ich mich momentan nicht binden kann. Meine Ex hat mich dermaßen belogen und betrogen, dass ich noch nicht bereit bin für eine neue Beziehung. Sie hat mir übel mitgespielt, dass ich jegliches Vertrauen in Frauen verloren habe und dieses schlimme Kapitel erst verarbeiten muss. Das kann noch dauern.

Ich weiß, dass Du Dich in mich verliebt hast und gerne eine Beziehung mit mir möchtest, aber ich kann nicht. Liebe Esther, glaube mir, es fällt mich nicht einfach, Dir das alles zu schreiben und Dich zu enttäuschen, aber ich weiß, dass alles andere in einem Fiasko enden würde. Es würde nicht funktionieren mit uns. Bitte versuche mich zu verstehen, sei nicht traurig. Ich wünsche Dir alles erdenklich Gute und schicke Dir viele Abschiedsküsse und Zärtlichkeiten. Ich werde Dich nie vergessen.“

Arme Esther. Ich möchte nicht wissen, was in ihr vorgegangen ist, als sie diesen Brief gelesen hat. 1 Woche hörte ich nichts von ihr, dann kam folgende WhatsApp: „Hallo Du. Ich bin so verdammt traurig. Warum ist das so? Warum kann es nichts werden mit uns? Warum versuchen wir es nicht einfach? Es wäre so schön geworden! Ich hoffe, wir sehen und wieder. Ich werde Dich immer lieben. Deine Esther!“ Ich war erleichtert, frei und bereit für das nächste Abenteuer.

Nicola

Bis zu 13 Arbeitsstunden pro Tag – das schlaucht. Aber wer viel verdienen will, muss auch viel arbeiten. So sind die Regeln des Spiels. Zwischendurch kann ich mir zwar immer wieder mal 1 oder 2 Tage freinehmen und Überstunden zumindest im Ansatz abbauen, doch mein Arbeitspensum war schon gewaltig geworden. Ich merkte, dass ich dringend einen Ausgleich brauchte … und hörte von AT.

AT ist das „Autogene Training" und gilt als die weltweit erfolgreichste Entspannungstechnik. Nicht schlecht, dachte ich, das ist genau das Richtige für mich! Ich informierte mich bei mehreren Seminaranbietern und entschied mich für einen Wochenendkurs in Stuttgart. Jeden Tag hin und zurück fahren wollte ich nicht, also buchte ich ein nettes Hotel, nur 3 Gehminuten von der Seminarstätte entfernt.

Der Kurs startete Freitag um 17 Uhr. Pünktlich fand ich mich in der Schule ein und fühlte mich auf Anhieb wohl. Das Unterrichtszimmer war ordentlich, freundlich und warm eingerichtet, es lief eine entspannende Musik im Hintergrund, da lagen Matten und Decken und ich machte es mir gemütlich. Nach und nach trafen die anderen Seminarteilnehmer ein, doch sie interessierten mich nicht … bis auf Nicola. Als ich sie sah, wusste ich: Die muss ich haben! Sie war etwas größer als 1,60, schlank, hatte dunkle, lange Haare und eine sexy Figur. Frech stellte sie ihr gelbes Täschchen ab und rief laut „Hallo zusammen!" in die Runde. Eine Berliner Schnauze vom Allerfeinsten.

Freudig erregt blickte sie jeden einzelnen Seminarteilnehmer an und blieb bei mir hängen. „Ist noch Platz neben Dir?", säuselte sie mich an und besetzte im selben Moment die Decke zu meiner Rechten. „Ich bin Nicola", stellte sie sich mir vor und reichte mir ihre ringübersäte Hand. 5 Ringe an 5 Fingern. Ihr Händedruck fühlte sich metallisch an. Zeit zum Kennenlernen hatten wir nicht, denn schon war die Kursleiterin im Raum und begrüßte uns herzlich. Sie hieß Gundula und sah genauso aus.

Von der Einführung erreichte mich leider wenig, zu abgelenkt waren meine Gedanken. Ich starrte zu Nicola rüber und musterte sie. Sie war hübsch, ihre Nase vielleicht etwas zu lang, geile Lippen und schöne Wölbungen unter der Bluse. Im Schneidersitz saß sie da und ließ sich von mir begaffen.

Nun war es Zeit für die erste Übung. Wir schlossen unsere Augen und spürten Ruhe. Es ist gar nicht so leicht, sich 5 Minuten lang auf Ruhe zu konzentrieren. Da hört man jedes Geräusch, Gedanken kommen und beschäftigen einen, doch die soll man ziehen lassen und einfach frei sein. Nach einer kurzen Besprechung, wie jeder sich gefühlt hat, versuchten wir es erneut, diesmal klappte es schon besser. Kurze Pause. Smalltalk.

Ich intensivierte meinen Kontakt mit Nicola und wollte mehr von ihr wissen. „Ich bin durch und durch Berlinerin. Hört man auch, oder? Studiere Psychologie und mache nächstes Jahr meine Diplomarbeit." Eine Psychologin, aha, dachte ich, wenn die nur hoffentlich kein Rad ab hat. Ich fragte sie, warum sie den Kurs belegt. „Big Prüfungsstress", antwortete sie, „macht mich fertig. Außerdem nervt mich mein Ex, der mich belästigt und mindestens zweimal die Woche anruft, weil er wieder mit mir zusammenkommen will. Da drehe ich durch. Das stört! Ich will ruhiger werden und abschalten können. Deshalb bin ich hier. Und Du?"

Ich erzählte ihr von meinem stressigen Job. Dann ging es weiter. Gundula versetzte uns erneut in tiefe Trance und ich sollte fühlen, wie angenehm schwer mein Körper ist. Zuerst war er butterleicht, aber dann wurde er tatsächlich schwer und immer schwerer. Ich hatte das Gefühl, Blei steckt in meinen Armen und Füßen. Eine interessante Erfahrung.

Zuerst bekam ich etwas Angst, doch schnell merkte ich, wie sich mein Körper durch das Schweregefühl entspannte, wie sich meine Muskeln lösten und ich immer ruhiger wurde. Geil, dachte ich, das wirkt ja! 21 Uhr war Schluss. „Und, was machst Du heute Abend noch?", fragte ich Nicola. „Erst mal etwas essen, ich habe Hunger." „Ich auch", lächelte ich und schlug ihr vor, zusammen dieses Bedürfnis zu befriedigen. „Gerne", grinste sie, und schon befanden wir uns auf dem Weg in die City.

Ein schöner Italiener lächelte uns an. Hinein. Bei Pasta und gutem Wein unterhielten wir uns nett. „Wo nächtigst Du?",

fragte sie mich mit hochgezogener Augenbraue. „Im Maritim",
antwortete ich. „Das kostet ja wie blöd!" „Naja", beschwichtig-
te ich, „man muss nur früh genug buchen oder Connections haben." „Wie früh hast Du gebucht?" „Gar nicht früh, es sind die
Connections", grinste ich, „als Fernsehtyp hat man halt so seine
Beziehungen." Sie staunte. „Ich war noch nie in einem so großen Hotel wie dem Maritim. Die haben doch luxuriöse Zimmer,
oder? Gehobene Klasse." Ich nickte. „Ich würde gerne mal so
ein Zimmer sehen. Zeigst Du es mir? Nimmst Du mich mit?"
„Klar", strahlte ich und war mir sicher, den Vogel für die Nacht
im Sack zu haben.

Nachdem wir fertig diniert hatten, schleifte ich sie mit
zum Maritim. „Wow, was für ein Komplex!", blickte sie ungläubig empor und ließ sich von mir in die Empfangshalle führen. „Das ist unglaublich! So viel Luxus auf einem Haufen. Sieh
mal, was für edle Bilder da an der Wand hängen!" Nicola war
echt von den Socken. Als sie mein Zimmer betrat, noch mehr.

„So ein schönes Hotelzimmer habe ich noch nie gesehen! Und erst das riesengroße Bett! Darf ich mal die Matratze
testen?" „Fühl Dich wie zu Hause", war meine Antwort. Nicola
ließ ihr Täschchen fallen und sprang aufs Bett. Obwohl sie mit
25 eigentlich schon reif sein musste, war sie durch und durch
ein Kind. Wild tollte sie auf dem Bett herum und grinste dabei
wie Pippi Langstrumpf.

„Jetzt muss ich das Bad sehen!", rief sie mir zu und lief
auch schon los. „Darf ich?" „Hinein!", drückte ich sie verbal in
das wunderschöne, marmorreiche und bespiegelte Luxusbade-
zimmer. „Geil, Dusche mit Massagedüsen an der Wand!

Hast Du was dagegen, wenn ich die mal ausprobiere?",
fragte sie aufgeregt. „Nein", antwortete ich und wollte ihr vor-
schlagen, zusammen dieses Experiment zu wagen, doch schon
riss sie sich die Klamotten vom Leib und drückte auf den Start-
knopf. Leider hatte sie vergessen, die Dusche zu schließen, und
so spritzte das Wasser den ganzen Raum inklusive meiner We-
nigkeit voll.

„Hui", grinste sie, „sorry!", und zog die Duschwände
zu. Da stand ich nun: nass, geil und überrumpelt. Damit hatte
ich nicht gerechnet. Ich hatte sie nackt gesehen. Ihr Körper war
schön und jung, ihre Brüste standen dynamisch, ihre Muschi

war blank wie ein geputzter Spiegel. Sie stand unter der Dusche und genoss das feuchte Nass. Die Düsen an der Wand verrichteten gute Arbeit und massierten Nicolas Körper von oben bis unten. Ich stand da und wusste nicht, was ich tun soll. 10 Minuten lang. Dann drehte sie den Hahn ab und rief mir zu: „Ein Handtuch, bitte!" Ich warf ihr eines rein. Sekunden später stand sie im Tuch eingewickelt vor mir.

„Das war geil, danke!", flötete sie und küsste mich auf die Wange. Sie lief ins Wohnzimmer und warf sich aufs Bett. „Wow, der Fernseher ist ja riesig!", staunte sie und griff hastig nach der Fernbedienung. Schon lief MTV. Musik. Das gefiel ihr. Sie machte es sich auf dem Bett gemütlich und glotzte. Ich stand da wie benebelt und konnte nicht reagieren. Schließlich gab ich mir einen Tritt und setzte mich zu ihr aufs Bett. Sie lag auf dem Bauch und starrte wie gefesselt aufs TV-Gerät. „Kannst Du mich massieren?", fragte sie mich und zog sich gleichzeitig das Handtuch weg. „Wenn Du möchtest, gerne", stammelte ich und holte Creme aus dem Badezimmer.

Sie lag da, nackt auf meinem Bett, und wollte massiert werden. In T-Shirt und Jeans legte ich los. Ich massierte zuerst ihren schönen Rücken, dann ihren Nacken. Etwa 15 Minuten. Dann wanderte ich tiefer zu ihren Beinen. Zuerst das linke Bein, dann das rechte Bein, auch die Fußsohlen. „Soll ich auch Deinen Po eincremen?" „Klar, mach einfach", antwortete sie, als ob es das Normalste der Welt wäre, während sie weiter an der Röhre klebte. Ihr Po war gut trainiert und formschön. 2 kleine Hundepfötchen waren darauf tätowiert. Süß.

Ich massierte gut und gab mir Mühe, ihre Aufmerksamkeit zu gewinnen, doch noch weilte ihr Verstand bei den dämlichen Musikvideos auf MTV. Na warte, Mädel, Dich kriege ich noch! Ich beschloss, einen Gang hochzuschalten und konzentrierte mich jetzt mehr auf die Ritzengegend.

Ich drückte ihre Oberschenkel sanft auseinander und streichelte jetzt zwischen ihre Beine. Das zeigte Wirkung. Nicola atmete lauter und ihre Hände krallten sich am vorderen Bettrand fest. Ich glitt tiefer und massierte um ihren Anus herum, dann noch tiefer, bis ich ihre Schamlippen spürte. Die waren warm und pulsierten bereits.

Nicola genoss. Sie fragte nicht, sie redete nicht, sie ließ es einfach zu. Geil! Ich steckte meinen Zeigefinger in ihre Muschi und spielte Billard. Nun stöhnte sie schon heftig und wollte mehr. Dies signalisierte sie mir, als sie sich umdrehte, mich zu sich runter zog und mir ihre Zunge in den Hals drückte. Die war genauso warm und feucht wie mein Zeigefinger.

Küssen konnte das Luder, verdammt! Ihr Lippen- und das Zungen-Piercing waren eine interessante Erfahrung. „Fick mich", hauchte sie mir ins Ohr und zog mir Shirt, Jeans und den Peniskäfig aus. Mein Dong war längst steif und arbeitsbereit. Ohne Kondom wollte ich sie nehmen, doch das ließ sie nicht zu: „Ich nehme keine Pille, das wäre zu riskant. Hast Du nichts dabei?" Verdammt, Mist, dachte ich, warum muss die auch so zickig sein, ich hätte schon aufgepasst und ihn rechtzeitig herausgezogen. Aber gut, geht halt nicht. Was nun?

„Dann leck mich!", befahl sie und drückte meinen Kopf in ihren Schoß. Gerne tat ich das. Ihre Pussy war sauber und gut gepflegt, ihr Kitzler rund und erregt. Ich begann mit der Arbeit und leckte auf Stufe 1, Schamlippenspiele. Weiter ging es mit Stufe 2, Kitzler-Berührungen. Dann drückte ich ihr meine Zunge rein und aktivierte den höchsten Gang. Gleichzeitig rubbelte ich ihre Stecknadel. Nicola stöhnte laut und lauter, bis sie nach wenigen Minuten schreiend zu ihrem Höhepunkt kam.

Nicola war glücklich: „Du kannst das aber gut, mein Großer!", lobte sie mich und küsste mich voller Inbrunst. Dann blickte sie mir tief in die Augen: „Kannst Du das noch einmal machen?" „Ja, aber nur, wenn Du mich zuerst verwöhnst", grinste ich sie an. „Okay", nickte sie bereitwillig und kommandierte mich nach unten: „Leg Dich hin und genieße." Das tat ich auch. Ihre Hand um meinen Penis fühlte sich sonderbar an, denn sie hatte immer noch alle 5 Ringe an den Fingern.

„Willst Du die nicht ausziehen?" „Nee, die lasse ich immer an." Sie wichste weiter. Nun fühlte es sich schon besser an. Ich gewöhnte mich schnell an das Metall am Penis und ließ sie machen. Ihr Blickkontakt war geil. Ich musste mich beherrschen, noch nicht zu kommen, doch es war sinnlos. Gerade als sie ihren Mund ansetzte, spritzte ich los und ihr in das Gesicht. Nicola zuckte und zog ihren Kopf hoch, doch sie wichste fleißig weiter und brav zu Ende.

„Du kannst mir doch nicht einfach ins Gesicht kommen", meckerte sie mich an und wischte sich mein Sperma von ihrer Nase. „Sorry", entschuldigte ich mich, „das ging alles so schnell. Ich wollte mich ja zurückhalten, aber Dein Handjob war so der Hammer, da kam es auch schon ganz plötzlich." Dieses Lob wirkte. Nicola lächelte mich an. Alles war wieder in Butter. „So, und jetzt leck mich bitte noch mal."

Ich tat ihr den Gefallen und züngelte sie erneut zu einem fantastischen Orgasmus. Sie kam wieder und lächelte mich süß an. „Hast Du noch Power?", fragte sie mich frech. „Wenn ja, dann blase ich Dir jetzt einen." „Leg schon los", drückte ich ihren Kopf in meinen Schoß und sah zu, wie sie meinen Penis in ihren Mund stopfte. Sie blies wirklich gut. Tief und fest. Ihre Ring-Hand machte fleißig mit. Nach 7 Minuten explodierte ich in ihr Mündchen. „Ich komme!", warnte ich sie noch, doch sie blies im Rausch weiter und schluckte alles. Sexuell überaus befriedigt schliefen wir Seite an Seite im Luxusbett ein.

Am nächsten Morgen waren wir spät dran. Ohne Sex und leider auch ohne Frühstück eilten wir zur Seminarstätte, wo wir pünktlich um 9 Uhr eintrafen. Und schon ging es los: Gundula erklärte uns die nächsten Übungen und schickte uns in Entspannung. Nach der schon bekannten Schwere fühlte sich mein Körper auf einmal schön warm an. Ein tolles Gefühl! Den Körper auf Knopfdruck warm werden lassen zu können, das ist unglaublich! Dann lernten wir, unsere Atmung optimal fließen zu lassen. Ich konnte deutlich spüren, wie sich mein Atemrhythmus verlangsamte und ich noch entspannter wurde. Eine geniale Technik! Dann war Mittagspause. „Lust auf Essen oder Lust auf Ficken?", fragte ich Nicola.

„Ich habe Lust auf beides", antwortete sie kess. 1 Stunde hatten wir Zeit. Wir eilten ins Maritim und in mein Zimmer. Im Bett wurde uns klar, dass wir etwas vergessen hatten: Kondome. „Scheiße, schon wieder kein Poppen möglich!", fluchte sie. „Aber egal, dann machen wir es uns wieder gegenseitig, ist auch verdammt geil. Komm, 69!" Ich unten, sie oben, so leckten, streichelten und küssten wir uns parallel zu unseren Orgasmen. Zuerst kam Nicola, deren Soße mir voll ins Gesicht lief. Dann kam ich.

Ich spürte meinen Orgasmus brodeln. Mein Körper spannte sich immer kräftiger an und schließlich schoss ich gnadenlos ab. Nicola nahm die ersten Ladungen mit dem Mund auf, dann wichste sie im Affentempo weiter, bis ich sie bat, damit aufzuhören. Erschöpft lagen wir da und wären am liebsten liegen geblieben, doch die Zeit rannte und wir hatten Hunger. Also schnell zum nächsten Imbiss, Pommes und Würstchen runterwürgen und zurück zum Seminar.

Interessant ging es weiter mit der Herzübung. Wir fielen tief in Entspannung, und nach den bereits bekannten Übungselementen Ruhe, Wärme und Atmung konzentrierten wir uns nun auf den Herzschlag und konnten beobachten, wie dieser sich optimierte und auf Ruhe und Entspannung unseres Körpers einstellte.

Danach rückte das Sonnengeflecht in den Mittelpunkt des Geschehens. Das Sonnengeflecht liegt im Magen und ist zuständig für viele Umschaltungen im Organsystem. Es wurde schön warm und ich entspannte mich tief. Die letzte Übung war die kühle Stirn. Wie eine frische Brise spürte ich sie, ich fühlte mich frei und klar. Diesen wunderschönen Zustand durften wir abspeichern. Dann kamen wir wieder zurück ins Hier und Jetzt.

Mir ging es super! Ich war gut erholt und topfit. Auch Nicola strahlte, ebenso alle anderen Teilnehmer, bis auf Georg, der mit dieser Technik nicht klarkam. Aber egal, ein schwarzes Schaf gibt es ja immer. Es war 18 Uhr, Kursende am Samstag. „Sollen wir Essen gehen?", lud ich Nicola ein, mir zu folgen. Sie folgte. Wir entschieden uns für deutsche Küche und schlugen uns den Wanst voll. Auf dem Weg zum Hotel liefen wir an einem Kinopalast vorbei, der den neuen Bond präsentierte.

„Auf den habe ich Lust", rief Nicola aufgeregt, „komm, lass uns gucken!" Ich fügte mich ihrem Enthusiasmus und hockte mich 2 Stunden in den Kinosaal, um 007 bei seinen Abenteuern zu bestaunen. Normal mag ich James Bond sehr, doch ich hätte in dieser Zeit lieber Nicola genagelt.

Der Film war endlich zu Ende, ich drückte aufs Gaspedal: „Jetzt aber schnell ins Hotel!" Mir fiel ein, dass wir ja noch Kondome benötigten. „Warte, bin gleich wieder da", sagte ich und verschwand auf dem Herren-WC, wo ein solcher Automat stand, den ich nun tüchtig bediente. 2 Zweierpackungen würden wohl für die Nacht reichen. Mit dem erfolgreichen Einkauf begaben wir uns auf den direkten Weg ins Maritim. Dort fielen wir übereinander her. Wir machten Heavy Petting der härtesten Sorte und fickten uns das Hirn raus. Zuerst ich ihr, dann sie mir. Sie ritt mich dermaßen wild, dass ich fast einen Beckenbruch erlitt. Sie war schon zweimal gekommen, als auch ich kam. Ich spritzte Übermengen an Sperma ins Kondom und rollte die geile Reiterin schweißgebadet von mir herunter.

Nach kurzer Pause fickten wir wieder, diesmal Doggy. Ich besorgte es ihr auf die harte Tour und nagelte ihre Fotze wund. Als sie nicht mehr konnte, kam ich. Es war ein guter Orgasmus. Wir ruhten uns aus und schauten TV. Dabei schliefen wir ein. Am nächsten Morgen weckte mich ein Blowjob. Ich öffnete meine Augen und sah Nicola putzmunter und hellwach, wie sie meinen Dong steif blies. Er wurde immer steifer, bis er explodierte und mein Samen ihr hübsches Gesicht verzierte.

Es war erst 7 Uhr morgens, wir hatten noch ausreichend Zeit. Nach dem Frühstück knallharter Sex. Sie auf mir, rücklings. Sie hatte 2 Orgasmen, ehe ich meinen Höhepunkt erlebte. Der Sonntagstag des Seminars war ebenso spannend und bereichernd wie die beiden Tage zuvor. Wir vertieften die Technik des Autogenen Trainings und lernten individuelle Formeln, mit denen erwünschtes Verhalten programmiert und unerwünschtes Verhalten gelöscht werden kann. Ich verabschiedete mich von Nicola mit einer 10-minütigen Kusssalve und versprach ihr, sie mal in Berlin besuchen zu kommen.

Maria / Marion / Benita

Ich gönnte mir ein Relax-Wochenende in einem Sporthotel am Bodensee. Dort angekommen, sah ich auf den ersten Blick, dass es von hübschen Frauen so wimmelte. Diese Gelegenheit konnte ich nicht ungenutzt lassen! Ich nahm mir vor, jeden Abend eine andere abzuschleppen. Das Hotel war schön. Es gab Tennisplätze, Sporthalle, Swimmingpools, Fitnessstudio, Massagen, Sauna und Wellnesskurse am laufenden Band.

Ich hing mich einer hübschen Blondine an, die Richtung Tennisplätze ging. Ich ging ihr hinterher. Sie sah gut aus, trug ein kurzes Röckchen und hatte niedliche Beine. Etwas hilflos versuchte sie sich zu orientieren und fixierte schließlich ein großes, schwarzes Board, auf dem „Spielerbörse" stand.

„Entschuldigen Sie, suchen Sie einen Partner zum Tennisspielen?", fragte ich sie vorsichtig. „Äh, ja", nickte sie. „Wie wär's mit mir?", lächelte ich. „Ja, warum nicht? Können Sie gut spielen?" „Ja, schon", meinte ich. „Okay, und wann?" „Da ist gerade ein Platz frei, warum nicht jetzt gleich?"

10 Minuten später standen wir auf dem Court und spielten uns die Bälle zu. Sie war sportlich und im Tennis geübter als ich. Nach 20 Minuten machten wir eine Pause und ich erfuhr mehr über meine Spielpartnerin: Sie hieß Maria, war 33 Jahre alt und kam aus Memmingen. Kinderlos, Mannlos und auf der Suche nach Mr. Right. Wenn sie genauso gut im Bett war, wie sie sich auf dem Platz bewegte, musste ich sie haben.

Nach unserem Training plauderten wir noch ein wenig an der Bar. Maria hatte Interesse an mir und wollte wissen, ob ich alleine da sei. Als ich dies bejahte, ging sie zur Sache: „Gefalle ich Dir? Bin ich der Typ Frau, auf den Du stehst?" „Ja", antwortete ich. „Hast Du Lust auf mehr?", fragte sie mit einem gierigen Blick. Ich lächelte: „Was genau meinst Du mit mehr?" „Komm mit, ich zeige es Dir." Sie schnappte mich und führte mich in ihr Zimmer. Das erste, was sie mir zeigte, war ihr wunderschöner Körper. Zuerst fiel ihr Rock, dann ihr Tennisschläger. Ich zog ihr Top, BH und Höschen aus. Maria hatte einen erstklassigen, gut trainierten Body.

Ihre Brüste waren etwas klein, dafür formschön und fest. Ein zartes, blondes Schamhaardreieck verzierte ihren Venushügel. Schnell legte sie los. Wir küssten, knutschten und rollten dabei wild im Bett umher, mal lag sie auf mir, dann ich auf ihr. Sie küsste sehr anregend und mit Leidenschaft. Meinen Penis küsste sie auch. Oh, war das schön! Gekonnt nahm sie ihn in den Mund und blies ihn hart.

„Jetzt möchte ich Dich spüren", hauchte sie mir ins Ohr und begab sich in die Position, um gefickt zu werden. Ich drang in sie ein und nagelte sie endlos in der Missionarsstellung, bis ich kam. Da wir kein Kondom benutzten, sie die Pille nahm, spritzte ich voll in ihr ab. Es war geil, mit anzusehen, wie mein Sperma aus ihrer Fotze herausflief und das Bett besudelte.

Nun sollte Maria ihren Orgasmus bekommen, doch das gelang mir nicht. Obwohl ich sie mit meiner besonderen Leck-Technik verwöhnte, stöhnte sie nur leise vor sich hin und machte keine Anstanden, ans Ziel zu kommen. Nach einigen Minuten fragte ich genervt: „Was ist los? Kannst Du nicht kommen, oder was?" „Weißt Du, seit mein Ex, mit dem ich 10 Jahre zusammen war, mich verlassen hat, habe ich enorme Orgasmus-Probleme, wenn ich mit einem Mann Sex habe. Wenn ich masturbiere, erreiche ich immer meinen Höhepunkt, aber sobald ein Mann im Spiel ist, geht das irgendwie nicht. Ich hoffe, Du bist nicht sauer."

„Ach was", beruhigte ich sie. „Wenn's nicht geht, dann geht's halt nicht. Ich hoffe trotzdem, es hat Dir gefallen." „Klar, es war superschön. Ich möchte heute Abend auf jeden Fall wieder Sex mit Dir haben." Ich war zufrieden, lag es doch nicht an mir. Hauptsache, ich hatte meinen Spaß und meinen Orgasmus.

Nach dem Abendessen gingen wir in die Sauna, dann auf Marias Zimmer, wo erneut Sex im Mittelpunkt stand. Ich wollte unbedingt oral befriedigt werden, was Maria gerne und mit viel Geschick und Übung tat. Sie konnte gut blasen. In der 69er-Position vollzog sie ihr Werk, während ich, unten liegend, mit und in ihrer Pussy spielte. Auf einmal begann sie zu beben und es schüttelte sie kräftig durch. Laut stöhnend bescherte ich ihr einen Hammerorgasmus.

Ich sei der erste Mann seit 3 Jahren, dem dieses Kunststück gelang, erzählte sie mir keuchend. Sie war überglücklich. Mit dieser Euphorie ging sie auf die Blaszielgerade und führte mich schnell zum Cumshot. Als ich kam, nahm sie die Hände von meinem Schwanz und saugte kräftig mein Sperma in ihren Hals hinein.

Schlafen wollte ich aber in meinem eigenen Bett. Ich erklärte Maria, dass dies, so schön es auch war, ein One Night Stand war und wir es dabei belassen sollten. Sie war traurig und fühlte sich verarscht. Wieso? Ich hatte ihr keine Versprechungen gemacht, keine Liebesschwüre ausgesprochen oder Ähnliches. Es war nur Sex, mehr nicht.

Am nächsten Tag ging ich auf die Suche nach frischem Frischfleisch. Ich nahm an einem Aerobic-Kurs teil und war der einzige Mann mit 15 Frauen. Ich war der Hecht im See. 3 Frauen schienen an mir interessiert zu sein, sie blickten mich die ganze Zeit an und lächelten mir zu. Eine davon war die Kursleiterin. Sie war eine absolute Fitnessfrau und in hervorragendem körperlichen Zustand. Ihre langen, braunen Haare hatte sie zu einem Schwanz zusammengebunden, ihre Trainingshose offenbarte einen String und die Form eines erstklassigen Pos.

Nach dem Kurs sprach sie mich direkt an: „Ganz schön mutig, hier als Mann mitzumachen." „Ach, ist doch nichts dabei", winkte ich ab, „ich umgebe mich gerne mit schönen Frauen." „Soso", grinste sie, „dann bist Du bei mir ja an der richtigen Adresse." Diese Frau hatte Power und Star-Selbstvertrauen. Solche Sprüche kannte ich eigentlich bisher nur von mir. Nicht schlecht, Frau Specht. „Komm, lass uns etwas trinken, ich lade Dich ein", lockte sie mich an die Bar und gab mir einen frisch gepressten Orangensaft aus. „Marion, Fitnesstrainerin", stellte sie sich vor, „ich bin seit 3 Jahren in diesem Haus tätig."

Marion war eine Frau, die wusste, was sie wollte. Ihre Konversation war deutlich, sie nahm kein Blatt vor den Mund: „Und Du bist hier zur Erholung oder auf Frauenjagd?" „Beides", grinste ich. Sie lächelte. „Na, genug Auswahl hast Du ja. Und, schon eine gefunden?" Ich nickte und schaute ihr tief in die Augen. Sie verstand. „Ich habe jetzt 30 Minuten Pause bis zum nächsten Kurs. Bist Du so schnell?"

„Schneller als der Wind", konterte ich und erklärte ihr meine Zimmernummer. „Nicht bei Dir, bei mir", sagte sie und zeigte mir ihre. „In 5 Minuten, okay?" „Ja." Ficken unter Zeitdruck, das hatte ich lange nicht mehr gemacht, aber es reizte mich, gerade mit Marion. Ich klopfte, sie öffnete. „Na, dann zeige mal, was Du kannst", forderte sie mich auf, loszulegen. Schnell waren wir nackt. Marion hatte einen Traumkörper und den knackigsten Arsch, den ich je gesehen habe. Ungeduscht und verschwitzt begann ich, sie zu bumsen. Sie lag breitbeinig auf dem Bett und nahm meine Stöße. „Fester, härter, schneller!", befahl sie. „Ja, gut so!"

Ich war schon ausgepowert vom Kurs, und jetzt Ficken am Fließband. So eine Schinderei! So anstrengend es war, so geil war es aber auch. Mein Schwanz stieß immer wieder hinein in ihre teilrasierte Muschi. Über ihrer Klitoris befand sich ein Schamhaarbusch, den sich die 25-Jährige zurechtgetrimmt hatte.

Ich fickte weiter und weiter. Als ich das Ende kommen spürte, kam sie. Heftig zuckte sie und stöhnte wie ein Staubsauger. Dann kam ich. Ich brach förmlich auf ihr zusammen und war platt wie ein Marathonläufer nach 50 km Strecke. „Gut gemacht", lobte sie, „Du hast Power. Das war ein äußerst guter Fick. Ich möchte mich revanchieren. Heute Abend, okay?" Ich nickte glücklich. Beim Abendessen begegneten wir uns wieder. Sie sah himmlisch aus. Sexy und gleichzeitig elegant präsentierte sie sich und zog alle Blicke auf sich. Wir aßen zusammen und führten Smalltalk.

Marion erzählte mir von ihren Männerfehlgriffen und meinte enttäuscht: „Ich glaube, ich werde nie den Mann fürs Leben finden. Ich bin zu dominant, weißt Du? Wenn etwas nicht so läuft, wie ich es will, ist sofort Schluss. Das ist unfair gegenüber den Männern, ich weiß, aber so ist das halt. Ich kann nicht anders." Als wir fertig waren, schaute sie mich frech an und hauchte mir zu: „So, und jetzt werde ich Dich ficken, dass Dir Hören und Sehen vergeht. In 5 Minuten bei mir." Marion meinte es ernst: Sie befahl mir, mich auf das Bett zu legen und nichts zu tun. Schnell war sie auf mir drauf und begann, mich zu reiten.

Zuerst langsam und zärtlich, dann schneller und wilder. Nun war Galopp angesagt. Als wilde Rodeo-Lady sauste sie auf und ab, und das in einem unbeschreiblichen Tempo. Ich nahm mich zusammen, meinen Orgasmus hinauszuzögern, aber nach etwa 20 Minuten Dauerritt war Schluss. Es schoss aus mir heraus und unglaubliche Glücksgefühle erfüllten mich.

„Und, warst Du zufrieden mit dem Ritt?", fragte mich Marion neugierig. „Ja, es war klasse", sagte ich. „So wie Du hat mich noch keine geritten." „So lange wie Du hat auch noch keiner durchgehalten. Ich bin dreimal gekommen, bis Du kamst." „Echt?", staunte ich und blickte sie fragend an. Sie grinste: „Ja, es war geil." Von dieser Frau hätte ich so gerne einen geblasen bekommen, doch das wollte sie nicht, auch nicht, dass ich über Nacht bleibe. „Danke für den guten Sex, ich wünsche Dir alles Gute." Mit diesen Worten gab sie mir zu verstehen, dass ich gehen solle und es aus mit uns war. Schade. Egal. Tschüss.

Ich ging an die Bar und bestellte mir Bier. Während ich den geilen Sex mit Marion Revue passieren ließ, kam das nächste Abenteuer auf mich zu. Es war schwarzhaarig, jung, hübsch und hieß Benita. „Hast Du Feuer?", fragte sie mich mit großen Augen. „Will rauchen."

Ich hatte kein Feuer, schnappte mir aber geistesgegenwärtig eine Kerze von der Bar und entzündete damit ihre Zigarette. „Danke", säuselte sie und setzte sich neben mich. „Und, was machst Du hier?" „Ich erhole mich", antwortete ich und erzählte ihr über meinen Job. „Ich bin hier mit 2 Freundinnen, die haben mich mitgeschleppt. Ich langweile mich, ist nicht mein Publikum." „Was für ein Publikum ist denn Deins?", wollte ich wissen. „Junge Menschen, Party, Sex, Drugs and Rock´n´Roll – that´s my life", antwortete sie glücklich und nickte vor sich hin.

„Davon kann ich Dir hier leider nichts bieten, außer Sex." Hammerspruch! Böse Anmache. Wie würde sie reagieren? Würde sie mich ohrfeigen, stehen lassen, vielleicht darüber lachen oder darauf anspringen? „Na, wenigstens einer hier, der auf meiner Wellenlänge liegt", lächelte sie und musterte mich. „Bist Du alleine hier?" „Jetzt nicht mehr", antwortete ich.

„Du bist süß", grinste sie und stellte mir die Frage des Abends: „Hast Du Lust, mit mir zu poppen?" „Warum nicht", antwortete ich, „gerne." Benita rauchte zu Ende, nahm meine

Hand und zog mich mit. Ab in mein Zimmer. Als ich die Benita nackt sah, zauderte ich etwas. Sie war megaschlank, möchte sagen, magersüchtig. Sie wog höchstens 45 kg, und das bei einer Größe von etwa 1,70 m. Normalerweise stehe ich auf schlanke Frauen, aber Benita war zu schlank. Krankhaft schlank. Ihre 25 Jahre sah man ihr nicht an, sie wirkte wie 17, wie ein kleines Mädchen. Das lag sicherlich auch daran, dass sie so dünn war. Doch ihr niedliches Lächeln machte alles wett.

Gekonnt machte sie sich an meinem Penis zu schaffen und streichelte ihn hart. „Nimm mich von hinten", war ihr erster Wunsch. Noch nie lächelte mir ein so kleiner und knochiger Po entgegen. Ich war gespannt, wie sich ihre Fotze anfühlen würde. Hinein mit ihm. Es war eng, sehr eng da drinnen. Behutsam fickte ich sie. Ich hatte Angst, ihr weh zu tun oder sie zu verletzen, sie war so gebrechlich. Wir wechselten in die Löffelchenstellung und schließlich wollte sie in der Reiterstellung alles klar machen. Sie wog nichts.

Leicht wie eine Feder saß sie auf mir und ritt mutig und beherzt meinen dicken Schwanz. Ihre enge Muschi leistete gute Arbeit und bescherte mir einen wahnsinnig intensiven Orgasmus. Benita stöhnte fleißig mit und genoss es, mich kommen zu sehen. „Leckst Du mich?", fragte sie mich, während sie von mir herabstieg. „Gerne", grinste ich und war gespannt, wie sie darauf reagieren würde. Zuerst verwöhnte ich sie normal, dann mit meiner Spezialtechnik. Benita drehte durch und hob fast ab. „Irrsinn, was machst Du da? Oh! Das ist hart. Fettgeil! Gleich komme ich, gleich kommt meine Soße!", stöhnte sie und verdrehte ihre Augen.

„Ah, Ah!", zuckte sie und ballte ihre Hände zu Fäusten. Gleichzeitig spritzte weibliches Ejakulat aus ihrer Scheide in mein Gesicht. Ich war überrascht, doch leckte ich brav weiter. Benita war überglücklich und befreit, ihr Lächeln war breit und dankbar. Erlöst zog sie mich zu sich in den Arm, ich hatte Angst, sie zu erdrücken oder zu zerquetschen.

„Das war geiler Sex, Mann!", tönte sie. „Jetzt muss ich eine qualmen." Mein Einwand „Aber hier ist Nichtraucher" war ihr egal. Schon war die Zigarette an, schon der erste Zug getan.

Als sie fertig war, meinte sie lässig: „Komm, lass uns fernsehen." Wir legten uns aufs Bett und schauten uns den Rest eines Spielfilms an, der aber so gut nicht war. „Und jetzt?", fragte ich. „Was machen wir jetzt?" „Auf was hast Du denn Lust?" „Naja, wenn Du mir einen blasen würdest, wäre das toll", grinste ich und wartete auf ihr Ja. „Nee, sorry, das mache ich nicht, das mag ich nicht, aber ich hole Dir gerne einen runter." „Das ist auch gut", lenkte ich ein und begab mich in Position.

In BH und Slip machte sie sich an die Arbeit. Ihre kleinen, zarten Hände passten perfekt um meinen Dong. Sie melkte ihn mit beiden Händen und mit genau dem richtigen Druck. Es war göttlich. Es war, als wenn mir eine 16-Jährige einen Handjob gäbe. Einfach geil! Es erinnerte mich an meine Jugendzeit und meine ersten sexuellen Erfahrungen mit Mädchen.

Benita wichste meinen Zauberstab mit einem unvorhersagbaren Tempo, immer wieder wechselte sie Speed und Griff. Als ich kam, stoppte sie abrupt und sah zu, wie der Samen aus meinem Penis geschossen kam, dann wichste sie weiter. Dieses kleine Ding war der Hammer. Auch wenn sie mir keinen blasen wollte, ich fühlte mich wohl mit ihr. Sie war so süß, so unschuldig, so dünn. „Darf ich bei Dir bleiben?", fragte sie mich. „Ich find's cool mit Dir." „Klar", antwortete ich und nahm sie in den Arm. So schliefen wir ein.

Der nächste Tag begann mit Sex. Mit einem komischen Gefühl wachte ich auf und traute meinen Augen nicht: Benita hatte meinen Schwanz im Mund und grinste. Schnell war ich wach und sah zu, wie sie gekonnt an ihm herumsaugte. Es fühlte sich himmlisch an. „Ich dachte, Du wolltest das nicht", fragte ich sie neugierig. „Das dachte ich auch, aber ich habe die Meinung geändert. Du bist echt süß, deshalb mache ich's." Mit ihrer rechten Hand liebkoste sie meine Hoden, ihre linke Hand umschloss meinen Schaft. Benita konnte gut blasen, sehr gut. Sie war nackt und ich fixierte ihre blanke Pussy, die so mädchenhaft aussah.

Ihr Tempo wurde schneller und mein Orgasmus rückte näher. „Jetzt!", stöhnte ich und ejakulierte in ihren Mund. Es war zu viel. Obwohl sie fleißig schluckte, lief ihr ein Samenstrang aus dem Mund heraus und zog sich aufs Bett. „Du hast aber viel Sperma", staunte sie und wischte sich den Mund sauber. „Kannst Du mich jetzt lecken?"

„Gerne", antwortete ich und begann, ihre Mini-Pussy zu stimulieren. Während ich sie leckte, streichelte ich ihre kleinen Titties und ihren Bauch. Ihr Körper war knochig und hart. Nach 5 Minuten bebte sie und hatte ihren spritzigen Orgasmus. Benita hing den ganzen Tag wie eine Klette an mir. Es war fast schon zu viel, auch wenn ich es süß fand, dieses kleine Ding an meiner Seite zu haben. Sie himmelte mich an und meinte immer: „Es ist so schön mit Dir. Ich will den Tag heute voll ausnutzen und genießen. Wer weiß, wann und ob wir uns wo wiedersehen." Mir recht.

Wir machten Sport, eine Wanderung und gingen in die Sauna. Dazwischen Sex. Purer Sex. Ficken. Diesmal traute ich mich härter ran und war erstaunt, wie genüsslich sie meine tiefen Stöße nahm. „Komm mir auf den Arsch", bettelte sie und sah zu, wie ich ihn herausnahm und zu Ende wichste. Vor dem Abendessen trieben wir es erneut. Diesmal ritt sie auf mir und kam dabei zu 2 Orgasmen, ehe ich meine Ladung ins Kondom spritzte. Gegen 23 Uhr, nachdem wir unseren letzten Drink an der Bar genommen hatten, hauchte sie mir ins Ohr: „Komm mit, Tiger, jetzt gibt´s Fesselspiele."

Ich war überrascht, was sie mit mir vorhatte. Zuerst verband sie mir die Augen, dann fesselte sie mich mit Kleidungsstücken ans Bett. Ich war aufgeregt. Eine geheimnisvolle Stille lag im Raum. Dann plötzlich ein Schmerz. „Ah!", schrie ich und spürte etwas wahnsinnig Heißes auf meiner Brust. „Was machst Du da?!" Ich versuchte, mich zu befreien, doch die Knoten waren zu hart gezogen. „Was ist das?!"

„Kerzenwachs", flüsterte sie mir ins Ohr. „Keine Sorge, nichts Schlimmes." Ich atmete tief durch. Erneut ein paar Tropfen. „Aua! Hör auf damit! Das tut weh!", fauchte ich und wurde immer zorniger. Ich spürte ihre Hand an meinem Schwanz. Na endlich, dachte ich, jetzt wird das verrückte Weib normal.

Länger hätte ich das mit dem heißen Wachs nicht ausgehalten. Ich entspannte mich, doch plötzlich durchzuckte ein kalter Schmerz meinen Körper. „Ah! Was machst Du jetzt wieder?!", tobte ich. „Eis", stöhnte sie und folterte mich weiter. Es war wohl ein Eiswürfel aus der Minibar, den sie mir über den Bauch zog. Ich bekam Schüttelfrost, so kalt war das. Dann wieder Zärtlichkeit. Sie streichelte meinen Penis, bis er steif wurde.

Doch meine Entspannung war nur von kurzer Dauer. Ich spürte etwas an meinem Arsch, einen leichten Druck, ich war irritiert. Doch bevor ich etwas sagen konnte, geschah das Unfassbare: Sie steckte mir das Ding, dieses Irgendetwas hinein! In meinen Anus. Ich schrie auf und musste mich erst einmal an dieses Gefühl gewöhnen. „Was ist das?!", hechelte ich. „Warum machst Du das?!"

„Easy, Junge", besänftigte sie mich, „ist nur eine Kerze. Mach Dir keine Sorgen. Entspanne und genieße es." „Kann ich aber nicht, wenn Du so weitermachst", fluchte ich laut. „Warum machst Du den Scheiß eigentlich? Kannst Du mir nicht einfach einen blasen?" „Lass mich machen", erklärte Benita, „ich weiß, was ich tue. Danach wirst Du mir dankbar sein." Diese Kerze in meinem Arsch füllte mich aus, ich war ratlos sowie hilflos. Ich wusste nicht, was ich tun soll. Benita widmete sich wieder meinem Penis und tat nun endlich das, was ich wollte. Mit ihren Händen und ihrem Mund verwöhnte sie ihn zärtlich und gleichzeitig dominant. Ich sah nichts, konnte mich nicht bewegen und hatte eine Kerze in meinem Hintern.

Während Benita mir sauber einen blies, drehte sie die Kerze in meinem Arsch hin und her. Langsam gewöhnte ich mich daran. Ich muss zugeben, es fühlte sich schon irgendwie geil an mit dem Teil da drin. Noch nie hatte ich mich mit meinem Lustorgan Anus beschäftigt, aber ich verstand, dass da etwas dran war. Ich war bereit zu kommen. Benitas Lippen übten die entscheidenden Züge aus, die mich über den point of no return bewegten. Noch nie empfand ich so viel Erleichterung bei einem Orgasmus wie bei diesem. Mein Körper war voller Dynamit, der jetzt explodierte. Ich dachte, ich würde die Kerze in meinem Arsch zerdrücken.

Als Benita mich befreite, mir Fesseln und Verband um meine Augen abnahm, sah ich das Ergebnis dieses teuflischen Spiels: ein samenüberflutetes Gesicht. Dieser Anblick entschädigte mich für alles, für die Schmerzen, die unliebsamen Überraschungen, die Folter, die ich über mich ergehen ließ. „Und, wie war es?", fragte sie mich mit hochgezogenen Augenbrauen.

„Es war geil, muss ich zugeben." Mehr fiel mir nicht ein. Ich war noch zu ausgepowert, um klar zu denken. Ich holte tief Luft und spürte meinen Arsch brennen. „Das war echt heftig mit der Kerze. Noch nie habe ich so ein Ding oder irgendeinen Gegenstand in meinem Po gehabt." „Aber war geil, oder?" „Ja, schon, aber ungewohnt."

Benita war glücklich und ging ins Bad, um sich frisch zu machen. Ich folgte ihr. Ich hatte dieses kleine Mädchen echt unterschätzt. Sie war äußerst durchtrieben, nicht harmlos, wie sie aussah. Sie hatte es faustdick hinter den Ohren. Die Sache mit der Kerze war geil, aber strange.

Erschöpft fiel ich ins Bett und schlief ein. Am nächsten Morgen küsste mich Benita wach. „Es ist schon 10 Uhr. Lass uns schnell noch poppen, dann muss ich weg." Ich spürte meinen Po. Mann, tat der weh! Benita kletterte auf mich drauf und steckte meinen Schwanz in ihre Muschi. So klein, so eng, so warm, so schön war es wieder in ihrer Liebesgrotte. Zuerst ritt sie langsam, dann immer wilder, bis sie aufschrie und glücklich zusammensank. „Wie möchtest Du es haben?", fragte sie mich. „Mit dem Mund", wünschte ich mir und sah zu, wie sie beherzt zu arbeiten begann.

Zwischendurch wichste sie immer wieder kurz meinen Penis, dann verschwand er ganz in ihrem Rachen. Sie saugte weiter, bis ich abspritzte. Alles ging in ihren Mund. Als sie fertig war, öffnete sie ihr Mäulchen und zeigte mir den Spermasee, den sie dann genüsslich herunterschluckte. Was für ein krönender Abschluss eines fantastischen Sex-Wochenendes!

Sunshine & Paradise

So hießen 2 Nutten, mit denen ich einen geilen Abend und eine geile Nacht in Regensburg verbrachte. Ich war übers Wochenende dort und nahm an einer wichtigen Konferenz teil. Am Samstagabend hatte ich große Lust auf Pussy und wanderte ins nächstbeste Bordell. Dort setzte ich mich an die Bar, trank Bier und wartete. 2 dunkelhäutige Models ließ ich abblitzen, doch dann kam eine überaus hübsche Blondine auf mich zu. „Hi, ich bin Sunshine. Gibst Du mir einen aus?"

Nur mit einem String-Tanga bekleidet machte sie mich scharf. Ich betrachtete ihr komplettes Erscheinungsbild und hatte mich längst für sie entschieden, als ich eine rassige Brasilianerin den Raum betreten sah. Lange, lockige, schwarze Haare, Samba-Hüften und schöner als die Emmanuelle zu ihrer besten Zeit. Sunshine bemerkte meinen Blick und rief die hübsche Unbekannte herbei. „Das ist Paradise", stellte sie sie mir vor. Mir war klar: Ich musste beide haben!

„Was kostet ihr beide zusammen für den Abend?" „Für 2 Stunden 250 Euro." „Sagen wir bis morgen früh?" Die beiden tuschelten und überraschten mich mit einem Freundschaftspreis: „500 Euro." „Geritzt!", freute ich mich und drückte den beiden 300 Euro in die Hand. „Den Rest bekommt Ihr morgen, okay?" Die beiden willigten ein und führten mich in ein schönes Zimmer mit Jacuzzi. „Und wie stellst Du Dir das vor?", fragte mich Paradise neugierig. „Zuerst vergnügen wir uns hier, dann fahren wir zu mir ins Hilton. Dort könnt Ihr auch schlafen." Die beiden willigten erneut ein und machten sich nackt für mich.

Sunshine war 1,65 m groß und 26 Jahre alt. Paradise war deutlich größer, so 1,75, aber kaum älter als 22. Beide Körper waren unglaublich schön, mit haarfreien Muschis und Top-Titten. Baden im Jacuzzi war Punkt 1 meiner Tagesordnung. Zu dritt machten wir es uns im Whirlpool gemütlich. Ich ließ mich von beiden Grazien massieren. Paradise knetete zart meine Säcke und führte langsame Streichelbewegungen am Penis von vorn nach hinten durch.

Gleichzeitig lockerte Sunshine gekonnt Verspannungen meiner Schulter-, Nacken- und Rückenmuskulatur. Das gefiel mir, das tat gut. Über 20 Minuten dauerte das Treatment, ehe Paradise einen Gang hochschaltete und meinen Penis nun richtig wichste. Sie wollte mir einen Unterwasser-Orgasmus schenken, was ich aber nicht wollte. Man will doch sehen, wie man kommt und worauf man kommt. Also erhob ich mich beim Überschreiten des point of no return und ejakulierte auf Paradises wunderschöne Titten. Ihre rassigen Finger wichsten verdammt gut und so lange, bis er erschlaffte, also genau richtig.

Nun ging es aufs Bett, wo wir zu dritt kuschelten und uns ein bisschen über den Job als Nutte unterhielten. Sunshine erzählte, dass sie vor 3 Jahren ihre Krankenschwester-Ausbildung abbrach, weil sie hier mehr Geld verdienen konnte. Paradise kam als Prostituierte aus Brasilien, sie hatte nichts anderes gelernt. Schade, wie verkorkst doch manche Leben sind, aber schließlich bin ich auch irgendwie froh darüber, sonst würde das schöne Bordellgewerbe ja aussterben. Während des Gesprächs wanderten meine Hände in Richtung Brüste der beiden, und zu meinem Erstaunen ließen sie mich gewähren. Nutten anfassen ist ja oft tabu, aber wenn man ein Womanizer ist wie ich, dann knackt man jedes Frauenherz.

Beide Tittenpaare fühlten sich absolut geil an. Ich streichelte sie sanft, knetete dann wilder und konzentrierte mich auf die Stimulation der Tittenwarzen, was bei Sunshine geile Wirkung zeigte. Sie hatte ihre Augen geschlossen und atmete immer lauter, was auch Paradise auf der anderen Seite bemerkte. Ich gab ihr ein Zeichen, und zusammen begannen wir, Sunshine zu verwöhnen. Paradise hatte keine Berührungsängste und kümmerte sich direkt um Sunshines Muschi, die sie mit beiden Händen öffnete und ihre Zunge hineinsteckte. Dann leckte sie los.

Ich umarmte Sunshine und küsste ihre Brüste. Es dauerte nicht lange, bis sie zu beben anfing und heftig kam. Sunshine öffnete happy ihre Augen: „Das war verdammt geil!" „Jetzt bist Du dran!", zitierte ich Paradise auf den Rücken und machte mich mit Sunshine über sie her. Gleiches Szenario wie vorhin.

Ich streichelte und küsste Brüste, während die Freundin sie unten leckte. Paradises Pussy war deutlich dunkler als die von Sunshine, aber ebenso feucht. Ihr Orgasmus war heftig und geil. Es ist Hammer, 2 Frauen hintereinander kommen zu sehen, wie unterschiedlich sie atmen, stöhnen, anspannen, entspannen, zucken, schreien, klammern.

„Lasst uns gehen", befahl ich den beiden und zog mich an, „jetzt werden wir essen gehen." Ein Italiener entsprach meinen Vorstellungen, wir aßen Pizza und tranken Wein. Danach ging es zu mir in das Hotel. Jetzt war Ficken angesagt. Zuerst wollte Sunshine. Ich legte mich wie Pascha aufs Bett und sah zu, wie sie mich bestieg und ritt. „Jetzt Wechsel!", ordnete ich nach 4 Minuten an. Paradise ritt wilder und dynamischer, sie hatte es wohl im Blut, das Wilde, Unzähmbare. Ich spürte meinen Saft brodeln, doch kommen wollte ich noch nicht, also bat ich sie, schnell langsamer zu werden und einen Gang runterzuschalten.

Nun wollte ich stoßen. Beide Ladies stellten sich nebeneinander hin und bückten sich. Ich fickte sie abwechselnd in ihre unterschiedlichen Mösen. Sunshine war enger als Paradise, die aber trotzdem einen ebenso festen Grip hatte. Brasilianische Innenmuskulatur eben. Nach 10 Minuten dieses Spiels hielt ich es nicht mehr aus, riss mir schnell das Kondom vom Leib und spritzte auf beide Ärsche ab. Das Gestöhne der beiden Models tat sein Übriges dazu. Nun musste ich mich erst einmal ausruhen und verschrieb mir eine Ganzkörpermassage. Sunshine und Paradise nahmen Creme und verwöhnten mich mit 4 Händen.

Zärtlich und wirkungsvoll beruhigten und stimulierten sie jeden einzelnen Muskel meines Körpers. Es tat so verdammt gut. Mindestens 1 Stunde ließ ich sie massieren. „Lasst uns mal etwas Verrücktes machen!", schoss es plötzlich aus Paradise heraus. Ich schaute sie mit großen Augen an und fragte: „Was?" „SM!" Ich zögerte: „Und wie stellst Du Dir das vor?" „Naja, ein bisschen Zwicken, Kneifen, Reizen, Peitschen und so. Ich stehe da voll drauf!" Ich hatte schon ein paar Erfahrungen mit Sadomaso gemacht, Benita war eine krasse davon, aber so richtig überzeugt hatten mich diese Praktiken noch nicht

Naja, vielleicht kannte Paradise als Nutte ein paar echt gute Tricks, wenn sie darauf steht und schon viel Erfahrung in diesem Metier hat. Ich sagte „Ja, okay" und ließ mich auf das Abe-teuer ein. Paradise fesselte Sunshine und mich mit Kleidungsstücken und Handtüchern ans Bett und verband uns die

Augen. Dann besorgte sie sich ein paar Utensilien und legte los. Plötzlich hörte ich Sunshine laut aufstöhnen und wimmern. Was war da los? Was passiert da? Ich wurde unsicher und versuchte mich zu befreien, doch die Knoten waren zu fest gezogen.

Plötzlich spürte ich etwas an meinem Anus, dann wurde dieses Etwas langsam und immer tiefer hineingesteckt. Es fühlte sich wie eine Zahnbürste an. War das etwa meine Zahnbürste? Eine andere konnte es ja kaum sein. Wie eklig! Doch schnell gewöhnte ich mich an das seltsame Gefühl und fing an, es zu genießen, besonders als Paradise die Bürste hin und her bewegte und der Bürstenkopf mein Inneres massierte.

Pause. Stille. Dann seltsames, dumpfes Gestöhne und komische, knisternde Geräusche, es klang nach einer Tüte, doch schlauer wurde ich nicht. Erst als mir diese Tüte übers Gesicht gezogen und zugedrückt wurde und ich keine Luft mehr bekam, wusste ich, was Sache war. Gleichzeitig wichste Paradise meinen Schwanz. Ich rang nach Luft und lebte am Limit. Paradise wusste genau, wie eng sie zudrücken musste, um mich nicht zu ersticken und wann ich etwas Luft brauchte. Was für ein Teufelsweib!

Dann endlich zog sie mir die Tüte vom Kopf und ließ mich in Ruhe. Ich rang nach Luft und akklimatisierte mich, meinen Herzschlag und Atem, doch eine bedrohliche Stimmung lag weiter in der Luft. Was würde als Nächstes kommen?? Ich spürte einen verdammten Schmerz an meinen Eiern. Eine Zange oder Klammer quetschte meinen heiligen Gralen den Strom ab. Ich hörte perverses Kichern, was mich zum einen furchtbar wütend, zum anderen aber auch weiter geil machte.

Auch die arme Sunshine musste leiden. Sie schrie plötzlich laut auf und wimmerte dann leise vor sich hin. Irgendetwas musste ihr verdammt wehtun. Nun fing Paradise an, meinen Schwanz hin und her zu schlagen. So etwas hatte noch nie eine Frau mit ihm gemacht!

„Hör auf damit!", rief ich ihr erbost zu, doch sie steckte mir kurzerhand einen Knebel ins Maul. So ergab ich mich meinem Schicksal und ließ sie gewähren. Harte Ohrfeigen waren es, die meinen stehenden Prügel trafen. Ich betete darum, dass er nicht abbricht und auch nicht ernsthaft verletzt wird.

Dann endlich spürte ich zarte Lippen an meinem Dong, die für Erleichterung sorgten. Ich begann zu stöhnen, diesmal vor Freude. Auch von nebenan hörte ich Lustgeräusche, ein gutes Zeichen! Paradise blies unglaublich gut, sie legte keine Hand an, sondern saugte ausschließlich mit ihren Zuckerhutlippen. Sunshine kündigte ihren Orgasmus an und kam laut schreiend zu ihrem Höhepunkt. Wahrscheinlich besorgte es ihr Paradise mit den Händen, der Mund war ja bei mir.

In diesem Moment überschritt auch ich meine Grenze und explodierte in Paradises Mund. Es war ein wahnsinnig befreiender Orgasmus und ich spürte jeden Muskel meines traktierten Körpers zucken.

Endlich lösten sich die Fesseln und ich schob die Augenbinde rasch beiseite. Das erste, was ich sah, war Paradises Gesicht: An ihren Lippen klebte mein Sperma und tropfte aufs Bett. Geil! Dann sah ich meinen Penis, der wund und knallrot war. Armer Dong! Auf dem Bett lag – wie befürchtet – meine Zahnbürste, am Boden 2 Plastiktüten. Ich blickte zu Sunshine, die völlig erschöpft neben mir lag und gerade befreit wurde.

Ihre Muschi war knallrot und ebenso wund wie mein Geschlechtsteil. Kerzenwachs befand sich an ihren Brüsten und tiefer bis zum Venushügel. Neben ihr lag eine Kerze mitsamt Streichholzschachtel, außerdem eine Banane aus dem Obstkorb. Wie heftig! „Banana goes Muschi", lautete wohl das Spiel. Das hätte ich zu gerne gesehen! Sunshine war genauso fertig wie ich und umarmte mich fest. Sie zitterte am ganzen Körper und suchte Hilfe und Schutz.

Paradise wischte sich mein Sperma vom Kinn und lachte teuflisch. „Du hast es aber wild getrieben mit uns", konfrontierte ich sie mit ihren schändlichen, geilen Taten. „Tja, gewusst wie!", war ihre stolze Antwort. „Ich mache so etwas nicht zum ersten Mal." „Das habe ich mir schon gedacht", bestätigte ich und streichelte der mitgenommenen Sunshine sanft über das Haupt. „Komm, wir beide duschen uns jetzt frisch "

Gesagt, geduscht. Die Paradise ließ es sich nicht nehmen und leistete uns Gesellschaft. Sie kümmerte sich rührend um ihre Freundin und Nutten-Partnerin Sunshine und seifte sie von oben bis unten ein, mich ebenso. Erschöpft fielen wir danach zu dritt ins Bett und schliefen ein.

Am nächsten Morgen wurde ich mit einem riesengroßen Ständer wach. Sunshine und Paradise schliefen wie 2 Göttinnen. Ich war aber geil und wollte noch einmal Sex, also weckte ich die beiden und deutete auf mein erigiertes, noch wundes Glied. Paradise war als erste da und begann, meinen Schatz zu liebkosen, zuerst mit Händen, dann mit Mund. Das wiederum machte Sunshine munter. Sie schälte sich aus dem Bettlaken und übernahm das Kommando. Gekonnt züngelte sie wie eine Schlange an meiner Eichel herum und nahm meinen Zauberstab in ihren festen Griff.

„Was möchtest Du?", fragte sie mich mit einem Lächeln im Gesicht. „Einen Double Blowjob", grinste ich, „den ich filmen darf." Die beiden Hübschen schauten sich an und nickten mir zu: „Ist okay." Ich zückte meine Digitalkamera und klickte auf Rekord. Von Mund zu Mund wanderte mein Penis, Sunshine und Paradise bewiesen professionelle Leidenschaft und viel Geschick und machten mich und meinen Dude glücklich.

Nach 5 Minuten spürte ich die Ziellinie kommen. Sunshine blies gerade wild an mir herum und übte mit ihrer Hand nun auch einen kräftigen Druck auf meinen Schaft aus. Das war zu viel. Sie übergab an Paradise, die ganz langsam weiter blies und mich zu einem Wahnsinnsorgasmus brachte. Ich zitterte, als mein Sperma in ihren Mund schoss und sie dann mit der Hand weiter wichste. „Mann, war das geil", stöhnte ich und hielt weiter drauf. Sunshine fixierte die Kamera und sprach: „Hey, ich bin Sunshine und das ist Paradise, und wir beide haben die Zeit mit Dir sehr genossen. Mach's gut, Süßer. Ciao!"

Ich dankte den beiden Mädels für die schönen Stunden und gab ihnen ihr restliches Honorar. Bussi links, Bussi rechts, Tür auf, Tür zu – danke, lieber Gott, für dieses tolle Erlebnis! Wie gut es doch ist, viel Geld zu haben, dass man sich einen so geilen Scheiß leisten kann!

Angel

Die Nutten-Nummer mit Sunshine und Paradise hatte mir verdammt gefallen, so etwas wollte ich wiederholen. Ich entschied mich für einen in Insiderkreisen bekannten, einschlägigen Massagesalon. Von allen Ladies im Angebot gefiel mir Angel am besten. Angel war 1,65 m groß, schlank, hatte lange, blonde Haare und ein wunderschönes Gesicht. Sie war jung, Anfang 20, und schüchtern, das törnte mich an.

„20 Minuten 50 Euro, 40 Minuten 75 Euro, 1 Stunde 100 Euro", gab sie mir die Preise durch. Mir reichte eine kurze erotische Massage für 50 Euro. Ich gab ihr das Geld, zog mich aus und legte mich auf die Massagebank, Rücken oben. Zärtlich begann Angel, die sich bis auf ihren Slip ausgezogen hatte, mit der Massage. Ihre schönen Hände ölten zuerst meinen Rücken, dann meine Beine ein. Dann war mein Po dran. Bis tief in die Spalte streichelte sie hinein, berührte dabei meine Eier sanft und kraulte sie.

„Du darfst Dich umdrehen", hörte ich leise ihre Stimme und freute mich auf das Finale. Ich schaute ihr tief in die Augen. Sie hielt den Blick. Da war etwas. Ich spürte, sie mochte mich. Ich betrachtete ihren Körper: Ihre Brüste waren groß, gemacht, ihr Körper jung, falten- und cellulitefrei. Sofort konzentrierte sie sich auf meinen Penis und tropfte die halbe Flasche Öl über ihn aus. Als sie meinen Schwanz berührte, hörte ich die Engel singen. Während sie mit der rechten Hand meine Hoden massierte, fing ihre linke Hand an zu wichsen, zuerst langsam, dann schnell.

Noch bevor mein Dong vollsteif war, kam ich. In hohem Bogen strömte mein Sperma heraus und beglückte ihre Hände. Angel schaute mir dabei in die Augen und lächelte mich an. Dieser Handjob war sensationell! Ich verabschiedete mich und ging, wusste aber, dass ich Angel wiedersehen werde.

1 Woche später wiederholte ich das Vergnügen. Und da war sie wieder: Angel, die Massagekünstlerin. Wieder entschied ich mich für die preisgünstigste Variante, nutzte aber diesmal die Zeit, um mehr über dieses hübsche Mädel zu erfahren.

Während Angel meine Rückseite massierte, fragte ich sie aus. Sie erzählte mir, dass sie polnischer Herkunft sei und seit 8 Jahren in Deutschland lebt. Sie arbeite als Hostess und mache dies nebenher, da sie noch ihre beiden jüngeren Schwestern mitfinanzieren muss. Eltern bei einem Unfall ums Leben gekommen. Einen Freund habe sie nicht, keine Zeit. Und Männer seien sowieso alle Schweine, naja, die meisten zumindest. „Umdrehen bitte." Mit Engelshänden und viel Öl machte sie erneut meinen Penis und mich glücklich. Diesmal variierte sie. Mal mit rechts, dann mit links, auch mit beiden Händen umgriff sie meinen Zauberstab und schickte mich sanft ins Land der sich erfüllenden Träume.

Zum Ende kniete sie sich frontal zu mir auf die Massageliege und brachte mich mit zügigen und kräftigen Bewegungen zum Orgasmus. 1 Woche später kam ich wieder. Ich spürte, da ist etwas an dieser Frau, das mich fasziniert, das mich an sie bindet, und obwohl ich die Gefahr einer Abhängigkeit erkannte, setzte sich mein Trieb durch. Ich war nun schon Stammkunde und Angel wusste genau, was ich wollte.

Doch ich wollte mehr. „Machst Du auch andere Sachen als nur Massage?", fragte ich sie. „Nein, sorry, hier gibt´s nur Massage, mehr nicht." „Ich meine nicht hier, sondern privat. Ich würde Dich gerne mal treffen." Angel zögerte. „Warum nicht?", meinte ich. „Spricht nichts dagegen, oder?" „Eigentlich nicht", entgegnete sie schüchtern, „wir können ja mal sehen." Während sie mich massierte, setzte ich alle meine Tricks ein, sie zu überzeugen, dass ich ein netter Kerl bin und eines Dates würdig. Ich sah ihr an, wie sie überlegte und mich immer wieder speziell anlächelte, dann wieder einen Gang zurückschaltete und nachdachte.

Erneut schenkte sie mir einen Hammerorgasmus. 1 Meter hoch spritzte es und ein Dutzend Ladungen kamen heraus. Als ich mich anzog, fragte ich sie: „Hast Du Dich entschieden?" „Ja, wir können gerne mal etwas trinken gehen", antwortete sie. Wir machten Tag und Uhrzeit aus und ich freute mich schon darauf, dieses hübsche Ding ins Bett zu bekommen. Wir trafen uns in einer Bar, ich erkannte Angel kaum wieder.

Viel seriöser sah sie aus, viel selbstbewusster war sie, und unglaublich attraktiv, ein Blickfang für alle Augenpaare. Angel öffnete sich mir und nannte mir ihren richtigen Namen: Michaela. Sie erzählte mir von ihren Hoffnungen, Wünschen und Sorgen, Zielen und Lebenserfahrungen, die sie prägten. Ich sprach auch offen über mich. Wir unterhielten uns prima. Angel fragte mich, wie gut ich ihre Massagen fand. „Super", sagte ich. „Danke", lächelte sie verschmitzt und gab zu, gerne Penisse zu masturbieren.

„Manchmal sind da allerdings auch ganz eklige dabei, die grausen mich an. Aber manchmal macht es auch Spaß, so wie bei Dir. Getroffen habe ich mich allerdings noch nie mit einem Kunden, Du bist der erste. Trotzdem, wenn ich die Wahl hätte, würde ich diesen Job nicht machen. Bis dahin aber muss ich." Ich steigerte meine Flirtrate: „Du hast mir jetzt schon dreimal einen runtergeholt, es war jedes Mal klasse. Ich frage mich, ob Du genauso gut blasen kannst." Sie grinste: „Feiner Trick! Du meinst wohl, ich müsse mich beweisen und Dir zeigen, dass ich wirklich so gut bin. Darauf falle ich nicht rein!"

„Na gut, dann halt anders", sagte ich und stellte ihr die alles entscheidende Frage: „Okay. Ohne Tricks. Ich frage Dich direkt: Hast Du Lust auf einen schönen Abend mit mir?" „Wieso sollte ich das machen?" „Vielleicht weil ich Dir gefalle. Weil Du Lust darauf hast. Weil es einfach geil wird. Ich weiß nicht. Suche Dir eine Antwort aus." Angel lächelte. „Du bist süß", sagte sie und schaute mich verliebt an. „Okay, ich habe Lust, den Abend mit Dir zu verbringen, aber was passiert oder nicht, entscheide ich." „Das ist ein fairer Deal", bestätigte ich und zahlte die Getränke. Dann fuhren wir zu ihr. Angel lebte klein, aber schön. Ihre Bude war sehr mädchenhaft eingerichtet, niedlich, ich fühlte mich wohl.

Auf dem Sofa ging es los: Zärtlich küsste sie mich und schob meine Hände unter ihr Top. Ihre Silikontitten fühlten sich hart und fest an, auch ihre Brustwarzen. Ich hatte schnell einen Steifen und genauso schnell waren wir beide nackt. Angels Pussy war blitzeblank rasiert und so schön! Sie ging an meinen Penis, doch zuerst wollte ich sie verwöhnen. „Entspanne Dich und schließe Deine Augen", hauchte ich ihr zu. „Vertraue mir."

Ich streichelte ihre Brüste und wanderte tiefer bis zu ihrem Venushügel. Als ich ihre Klitoris berührte, atmete sie auf. So schöne Schamlippen hatte ich selten gesehen. Rund wie eine Orange waren sie, sie dufteten edel und waren bereit für mein Spezialtreatment. Oral versetzte ich sie in andere Sphären, meine Zunge leckte zuerst oberflächlich, dann immer tiefer in ihre Muschi hinein.

„Oh Gott, oh Gott!", stöhnte sie wild und immer wilder und kam bebend zum Höhepunkt. „Du bist der absolute Wahnsinn!", lächelte sie mich glücklich an. „So einen tollen Orgasmus hatte ich lange nicht. Danke!" Nachdem sie sich wieder beruhigt hatte, band sie ihre Haare zusammen und meinte, sie werde mir nun meinen Wunsch erfüllen. 2 Sekunden später hatte sie meinen Schwanz im Mund. Warm, zart und kuschelig war es da drinnen. Ihre Lippen schlossen sich wie eine Eins um meinen Penisschaft und stimulierten mit gefühlvollen Auf-und-Ab-Bewegungen und unter Zuhilfenahme ihrer rechten Hand meinen Liebesstängel optimal.

Schon bald musste ich kommen und kam voll in ihren Mund. Angel schluckte alles, ohne auch nur mit dem Lidschatten zu zucken. Zärtlich beendete sie den Blowjob und kuschelte sich in meinen Arm. Mit mir schlafen wollte sie nicht. „Sei mir nicht böse, aber das geht mir zu schnell", blockte sie ab. „Vielleicht das nächste Mal, okay?" „Okay."

Ein paar Tage später datete ich Angel erneut. Das Liebesspiel ging in die nächste Runde, sie ließ mich tatsächlich ran. Zärtlich drang ich in sie ein und schlief mit ihr. Sie wollte es in der Missionarsstellung, ihrer Lieblingsposition. Sie war schön eng, ich genoss den Fick und kam heftig. Kurz darauf fickten wir noch einmal, diesmal in der Reiterstellung. Sie ritt so lange auf mir, bis sie ihren Orgasmus hatte und machte es mir dann mit dem Mund zu Ende. Mein Sperma landete in ihrem Gesicht und in ihren Haaren – ein Bild für Götter!

So ging das paar Wochen, bis ich anderen Frauen hinterherstieg. Ab und zu besuche ich Angel noch im Massagesalon, wo sie mir kostenlos einen runterholt, einen bläst oder wir eine Nummer schieben.

Cassandra

Ich bearbeitete gerade meine E-Mails, als es an meiner Bürotür klopfte. „Herein", grunzte ich und staunte nicht schlecht, als eine ganz in schwarz gekleidete Dame eintrat. Schwarzer Mantel, schwarzer Hut, schwarze Schuhe, schwarzer Schaal, schwarze Tasche. Oh mein Gott! War das etwa die Schwarze Witwe?

„Entschuldigung, aber Sie haben meinen Wagen eingeparkt", startete sie die Konversation. „Der silberne 3er-BMW ist doch Ihrer." Als sie mir das Kennzeichen korrekt buchstabierte, bestand kein Zweifel mehr. „Das tut mir aber leid", entschuldigte ich mich höflich, „ich hatte es eilig und habe Ihren Wagen da wohl übersehen. Kommen Sie, ich lasse Sie frei." Wir machten uns auf den Weg nach draußen, wo ich meine Schandtat sah. Ich sprang schnell ins Auto und fuhr es beiseite. „So, jetzt können Sie fahren, wohin Sie wollen", lächelte ich sie an. Sie lächelte zurück.

„Wie darf ich dieses Missgeschick wieder gutmachen?", fragte ich mit einem verführerischen Blick. „Mit einem Cocktail vielleicht?" Sie überlegte kurz: „Hm, ja, gerne." „Jetzt gleich? Haben Sie Zeit?" Sie hatte. Ich auch. Wir marschierten in die Bar gegenüber und bestellten uns leckere Cocktails. „Darf man erfahren, wie Sie heißen?", fragte ich. „Lady Cassandra", antwortete sie, „Cassandra von den Driesch." Upps, eine Adelige! Der fließt wohl schwarzes Blut durch die Venen. Sie war Anfang 30 und wirkte sehr stolz. Unter ihrem Hut quoll ein Büschel brauner Haare hervor, ihr Gesicht war elegant und gemacht. Die Lippen auf jeden Fall. Auch die Nase war wohl von Dr. Mang. Vielleicht auch ihre Titten?

Wir kamen ins Gespräch und sie erzählte mir mehr über sich: „Ich bin 32 und mir gehört ein Mode-Label. Ich habe einige Läden in ganz Deutschland und bin viel unterwegs." Weiter erfuhr ich, dass sie in München wohnt und aus ziemlich reichen Verhältnissen stammt. Daraufhin erzählte ich ihr meine Lebensgeschichte in Kurzform, was sie aber irgendwie nicht interessierte. Immer wieder tippte sie auf ihrem Nobelhandy herum, bis es mir zu viel wurde.

„Unter einer netten Konversation stelle ich mir aber etwas anderes vor", maulte ich sie an. „Bin ich Luft für Sie, oder was?" Erschrocken blickte sie mich an und giftete dann zurück: „Darf man hier nicht mal eine WhatsApp schreiben?" „Eine ist gut", konterte ich, „das waren doch mindestens 10!" „Ich habe gerade mit meinem Freund Schluss gemacht", rechtfertigte sie mir offen und ehrlich ihre Tippsucht. „Geht Sie zwar nichts an, aber jetzt wissen Sie es." „Ach so, das ist etwas anderes, genehmigt", antwortete ich und versuchte, mit einem Lächeln ihr Herz wieder zu gewinnen.

Nachdem diese blöde Situation geklärt war, wurde es freundlicher. Cassandra erzählte mir von ihrem nun Ex-Freund, einem stinkreichen Medienmogul, den sie niemals wiedersehen wolle, habe er doch nur gelogen und sie betrogen über all die Jahre. Ich witterte meine Chance und ging ran: „Tja, Kavaliere wie mich gibt es halt nicht viele", grinste ich sie frech von der Seite an.

„Das sind aber großmaulige Töne", stieg sie auf meine Anmache ein, „das sagen viele, aber kaum ein Mann hält, was er verspricht." „Ich schon!", triumphierte ich. „Ich bin gebildet, sehe gut aus, verdiene viel Geld, bin witzig, weiß, was Frauen wollen, bin ein erstklassiger Liebhaber …". Da unterbrach sie mich: „Männer, die davon überzeugt sind, erstklassige Liebhaber zu sein, gibt es wie Sand am Meer. Aber Männer, die es tatsächlich sind, sind so rar wie die berühmte Stecknadel im Heuhaufen."

„Sie glauben mir nicht?", legte ich nach. „Nein!" „Ich bin bereit, Sie eines Besseren zu belehren." Ich merkte, wie sie überlegte. Der Gedanke an Sex mit mir schien sie zu reizen, doch noch hatte ich sie nicht im Sack. „Was schlagen Sie also vor?", schob sie den Ball an mich zurück. „Na, ein netter Abend zu zweit, mit allem, was dazugehört. Danach können Sie mich gerne an meinen Worten messen."

Wortlos zückte sie eine Visitenkarte und schrieb etwas darauf. Sie drückte mir ihr adeliges Papier in die Hand und verließ einfach die Bar. Seltsam, so eine komische Frau, dachte ich und zahlte erst einmal die Getränke. Dann schaute ich auf die Karte: „Heute Abend bei mir, 18 Uhr." Wie geil!

Im Büro machte ich mich frisch für den Abend mit Frau von den Driesch. Ihre Adresse war kein Haus, sondern ein Schloss. Unglaublich, so ein luxuriöses Gebäude hatte ich noch nie gesehen. Eine schicke Dienerin öffnete mir die Tür. Teuerste Möbel, exklusiver Wandschmuck, goldene Fliesen und Türklinken stachen mir ins Auge. Was das alles kostet! Eine zweite Dienerin kam mir entgegen und nahm mir den Mantel ab. Sie geleitete mich ins Wohnzimmer und rief nach der Frau Baronin, die in einem glitzernden, silbernen Kleid die Treppen herunterschwebte. War ich im Märchenschloss oder schon im Paradies?

Wie eine Prinzessin stolzierte Cassandra auf mich zu und erwartete einen Handkuss, den sie auch bekam – mit etwas Zunge. „Ich habe ein 4-Gänge-Menü vorbereiten lassen", verkündete sie und führte mich in das Esszimmer, das etwa 130 m² groß war. Wahnsinn, dachte ich, eine andere Welt, in der ich gelandet bin. Ein Koch kam in den Raum und legte mit seinem Programm los:

Terrine vom Perlhuhn mit Trüffelkartoffeln, Trompetenpilzen und Romanesco. Das schmeckte prima! Danach Suppe vom Muskatkürbis mit Curry und Fleischpflanzerl. Ebenso genial. Böfflamott und Kalbsfilet auf Gemüsegröstl war die Krönung des kulinarischen Genusses. Am Schluss folgte das i-Tüpfelchen: Lebkuchen Marinier an Schattenmorellen mit weißer Valrhona-Schokolade und Bratapfeleis. Ich war begeistert und aß alles auf. „Das Essen war allererste Sahne", lobte ich sie und den Chefkoch, der sich dankbar vor mir verneigte und freudig zurück in die Küche marschierte.

Nun war es Zeit für den gemütlichen Teil des Abends. Cassandra nahm mich mit nach oben in ihr Schlafgemach. Ein riesiges Bett erwartete mich, die Spielwiese betrug etwa 16 m²! „Machen Sie es sich gemütlich", lud sie mich ein, auf dem Bett Platz zu nehmen. Ein großer Kronleuchter hing an der Decke, eine riesige Spiegelwand an der Seite. Madame dunkelte das Licht ab und es erschien ein Sternenhimmel am Plafond. Sehr schön! Ich kam in Stimmung. Cassandra reichte mir ein Glas Champagner und wir stießen an auf einen tollen Abend. Sie verschwand kurz, um wenige Minuten später in heißer Unterwäsche wieder aufzutauchen.

„Wow!", stammelte ich, als ich ihren Luxuskörper sah. Sie grinste und schlenderte auf mich zu, bis sie direkt vor mir stand. Schwupps, zog sie sich BH und Slip aus und präsentierte sich mir in ihrer ganzen Schönheit. Ihre langen, braunen Haare hingen hinab und berührten ihren Po, ihre Brüste waren groß und schön, wenn auch silikonisiert, ihr Bauch spiegelglatt, ihre Muschi eine Pussy mit schönem Schamhaardreieck. „Wahnsinn", stöhnte ich, „Du hast einen wahren Traumkörper!" „Mal sehen, wie gut Du damit umgehen kannst", lächelte sie und ging mir an die Hose. Der Wechsel vom Sie zum Du war geschafft.

Schnell war ich nackt und geil. Ich gab mir größte Mühe, ihre hohen Erwartungen zu erfüllen. Ich streichelte sie sanft und zart, erst an Armen, Beinen und Kopf, dann an den Brüsten. Zärtlich küsste ich ihre Lippen, ihren Hals, ihre Ohren und ihre Nippel, die längst steif waren, genauso wie mein Knüppel im Sack. Tiefer wanderte mein Mund, bis er schließlich ins Gras biss.

Ihre Schamhaare waren gestutzt und ihre Muschi roch gut – Grund genug, da unten aktiv zu werden. Meine Hände begannen nun, ihren Kitzler zu ertasten und zu stimulieren. „Ah!", stöhnte sie leise und konstant vor sich hin. Schnell wurde ihre Klitoris zum Riesen.

Nun war Mundakrobatik angesagt. Ich leckte über ihre Schamhaare, ihren Venushügel und schließlich in die Höhle hinein. Sie schmeckte gut! Ihre Schamlippen schwollen an und ihr Herzschlag erhöhte sich, das konnte ich spüren und sehen. Sie lag da und genoss. Ihre Augen waren geschlossen, ihr Mund offen, ihre Brüste standen senkrecht in die Luft. Ich erhöhte mein Lecktempo immer wieder, bis es bei ihr kritisch wurde.

„Warte, sonst komme ich!", rief sie mir keuchend zu, doch genau das wollte ich. Noch intensiver wurde mein Gelecke und sie kam zu einem bebenden Orgasmus. „Oh Mann, war das geil!", stöhnte sie, während ich mich bereit machte, langsam und sanft in sie einzudringen. Ein Kondom lag auf dem Nachttisch, ich zog es mir schnell über und küsste sie auf den Mund. Vorsichtig schob ich ihn hinein ins Glück. Cassandra schaute mich mit großen Augen an und lächelte.

„Wow, jetzt noch Ficken! Du weißt wirklich, was Frauen wollen!" Zuerst in der Missionarsstellung, dann sie auf mir.

Sie ritt elegant, ihr Körper spiegelte im Spiegel pure Erotik wider und törnte mich wahnsinnig an. Stellungswechsel. Nun von hinten. Doggy Style trieben wir es etwas härter und intensiver. Ich nagelte ihre Muschi heftig, es knallte gut. Immer wilder zog ich sie an mich heran, das gefiel ihr, sie wippte fröhlich und sinnlich mit.

Plötzlich spürte ich heftige Kontraktionen um meinen Schwanz: Sie kam! Spitze Schreie ausstoßend, dann mit einem langen „Oh!" genoss sie den Hügel der Leidenschaft. Ich wollte unbedingt in ihr abspritzen, das mögen Frauen sehr. In der Missionarsstellung geht das bei mir am besten. Also ich wieder auf sie drauf und nageln, bis es kommt.

Es kam sehr heftig, ich spürte meinen Orgasmus anrasen wie einen D-Zug auf der Überholspur. Sämtliche Ladungen waren es, die ich in das Kondom abgab, Cassandra beobachtete mich beim Kommen und strahlte. Als ich erschöpft zusammenbrach und mich neben sie legte, ertönte eines Lobeshymne vom Feinsten: „Also, ich muss zugeben, Du bist echt ein Experte im Bett. Du hast das gehalten, was Du versprochen hast, mehr sogar! Das war verdammt geiler Sex!" Ich fühlte mich geadelt und bedankte mich höflich für das blaublütige Kompliment.

Frau von den Driesch wollte mehr. „Noch einmal!", bat sie mich inständig, doch dazu war ich nicht in der Lage, zu viel Anstrengung und zu viele Nerven hatte mich meine Höchstleistung gekostet. „Gerne ein anderes Mal, ich muss jetzt weg", vertröstete ich sie auf bald. „Wie schade", seufzte sie und blickte mich traurig an. „Ich melde mich bei Dir, okay?" „Ja, aber lass mich nicht zu lange warten." Ich verabschiedete mich mit einem Handkuss und einer engen Umarmung und ging.

1 Woche später hatte ich wieder Lust auf Cassandra. Von der Arbeit aus rief ich Fräulein Blaublut an und schlug ihr vor, den Abend zu ihr zu kommen. Erfreut sagte sie sofort zu und wir vereinbarten 19 Uhr zum Essen bei ihr. Das Menü war wieder der Hammer! Als Vorspeise gab es Mongdratzerl, danach Klare Brühe vom Garten-Gemüse mit Juliennes.

Haupt-speise war Involtini vom Kalb, gefüllt mit zartem Parmaschinken und frischem Mangold, dazu Portweinjus, Maisplätzchen und frische Karotten. Lecker! Genauso das Dessert: Kaiserschmarrn mit Zwetschgenröster und Zimt. Der Wahnsinn!

Frau Baronin sah umwerfend aus: Ein dunkelrotes Abendkleid schimmerte durch den Speisesaal und ihre hochgesteckten Haare glänzten wie neu. Nun war es an der Zeit, aktiv zu werden. Wir schlenderten die Treppen hoch ins Zimmer des Vergnügens und machten es uns auf ihrem Riesenbett bequem. In einem Zug war ihr Kleid offen und ausgezogen. Darunter hatte sie nichts! Geil! Bei mir dauerte es etwas länger. Sakko, Hemd, Hose, Tigerkäfig. Es war wieder meine Aufgabe, sie zu beglücken.

Zärtlich öffnete ich ihre Haare und ihre Muschi. Mein Zeigefinger stieß hinein und spielte Presslufthammer. Je schneller meine Bewegungen wurden, desto lauter stöhnte sie. Nun hatte ich Lust, sie zu lecken. Zuerst liegend, dann setzte sie sich auf meinen Oberkörper und drückte mir ihre Fotze ins Gesicht. Kein Problem für den Meister. Ich streichelte ihre steifen Brüste und saugte wild an ihrer Klitoris herum. Da kam er, ihr erster Orgasmus! Er schmeckte so gut, dass ich einfach weiterleckte und ihr wenige Minuten später einen zweiten schenkte.

Zitternd stieg sie von mir herunter und ließ sich auf das Bett fallen. „Das war hammergeil, sehr edel!", lechzte sie und küsste mich auf den Mund. „Zur Belohnung blase ich Dir jetzt einen hoch." Darauf war ich gespannt, doch leider konnte sie gar nicht gut blasen. Sogar ziemlich schlecht. Sie lutschte an meinem halbsteifen Dödel herum, als wolle sie ein Eis zum Schmelzen bringen. Keinerlei Gefühl, keine Variation, nur dieses monotone hoch und runter lecken. Traurig war das!

Ich wartete, dass etwas mehr passiert, doch es schien so, als wolle sie ewig so weitermachen. „Auch mit der Hand bitte!", kommandierte ich und versuchte, die Situation zu retten. Entschlossen umfasste sie mit ihrer rechten Hand meinen Dick, doch vom Wichsen hatte sie leider auch keine Ahnung. Kurz und knapp waren ihre Bewegungen, viel zu wenig Druck, dazu immer noch das blöde Zungengelecke hoch und runter.

„Fester bitte, ja, fester!", befahl ich, doch fester ist nicht gleich zerquetschen. „Vorsicht!", rief ich. „Nicht so hart, das tut weh!" Frustriert und wütend ließ sie von mir ab und schaute mich böse an: „Ist dem Herrn das etwa nicht gut genug?" „Ehrlich gesagt, nein. Hast Du das noch nie gemacht, oder warum tut sich da bei mir nichts?" „Weiß ich nicht", schoss sie giftig rüber, „bisher hat´s noch allen Männern gefallen!"

Na, das müssen ja alles Flaschen sein, dachte ich, Versager, die von gutem Sex keine Ahnung haben. „Lass gut sein", meinte ich trocken und zog meinen Penis weg, „ist hat nicht Dein Ding."

Nun lernte ich die Contessa richtig kennen. „Dann hau ab und suche Dir eine bessere!", fauchte sie mich erzürnt an. „Gerne, das mache ich!", schoss ich zurück, zog mich hastig an und verließ das Haus und Cassandra auf Nimmerwiedersehen.

Susi

Samstag, 10:30 Uhr. Ich wachte auf, wieder einmal in einem anderen Bett. Mann, war das eine Nacht gewesen! Sie schief noch. Bezaubernd. Sie sah aus wie ein Engel. Lange, blonde Haare, wunderschöne Lippen, toller Körper. Ich stand auf und machte Kaffee. Nach so einer geilen Nacht musste ich erst einmal Kraft tanken. Es war der Hammer, wie Susi die halbe Nacht auf mir herumgeritten war. Dreimal bin ich gekommen. So eine wilde Frau hatte ich lange nicht mehr, das letzte Mal vor ein paar Wochen.

Jetzt duschen. Kalt ist immer gut. Ich schaute an mir herunter und betrachtete meinen Freund – er war glücklich, genau wie ich. Mein Freund bekommt nämlich immer, was er will, genau wie ich. Und diesmal wollte er Susi. Susi war 23 Jahre alt und arbeitete in einer Werbeagentur. Ich sah sie in der Disco. Sie tanzte wie eine Göttin, sexy und verrucht. So etwas gefällt mir, da stehe ich drauf. Ich machte mich an sie heran, und schon nach wenigen Minuten war alles gebongt: Smalltalk, Komplimente, die ersten Berührungen, Prosecco, Tanzen, Fummeleien und Küsse, der üblicher Ablauf.

Um 2 Uhr schleppte ich sie ab. Susi war ziemlich angeheitert, wir fuhren zu ihr. Ich half ihr die Treppen hoch in den 3. Stock. Susi wohnte schön: Eine gepflegte 3-Zimmer-Wohnung im Zentrum Münchens. Elegante Möbel und niedliches Schlafzimmer. Gegenüber dem Bett ein 5-türiger Kleiderschrank mit kompletter Spiegelwand. Geil! Während Susi sich frisch machte, sah ich mich um. In ihrer Nachttischschublade entdecke ich 1 Vibrator und 3 Packungen Kondome.

Ich war wohl nicht der erste Mann, den Susi abgriff, die hatte es faustdick hinter den Ohren, aber so sah sie aus. Genauso eine will ich ja auch. Der Sex mit Susi war Hammer! Sie stürzte sich auf mich und verwöhnte mich nach allen Regeln der Kunst. Eine Sexgöttin! Wir knutschten wild, dann öffnete sie meine Hose und holte meinen Schwanz heraus, der kurz darauf in ihrem Mund verschwand.

Ich genoss wie ein Weltmeister, denn das, was sie machte, machte sie wie eine Weltmeisterin. Nach wenigen Minuten konnte ich mich nicht mehr zurückhalten und kam in ihren Mund. Sie hatte Probleme mit dem Schlucken, so viel war es.

Danach leckte ich sie zu ihren ersten beiden Orgasmen der Nacht. Was folgte, war Sex pur. Sie ritt mich, bis ich fast ohnmächtig wurde. Sie stöhnte lauter als Monica Seles zu ihren besten Zeiten. Kurz vor 5 Uhr morgens schliefen wir entkräftet ein.

Fertig geduscht, jetzt Kaffee trinken. Susi kam aus dem Schlafzimmer, sie sah müde aus, fertig, platt. Kein Wunder nach dieser Nacht. Sie drückte mir einen Kuss auf die Wange und ging ins Bad. Ihr Blick war wirr, sie schien durcheinander zu sein. In Slip und T-Shirt setzte sie sich 10 Minuten später zu mir an den Tisch. „Na, alles okay bei Dir?", fragte ich sie. „Passt." Still nuckelte sie an ihrer Tasse, schaute mich kaum an. Schweigen.

Ist mir recht so. Da kann ich mich gut verdrücken, ohne Angst, sie würde meine Telefonnummer oder mich wiedersehen wollen. Es war ein klassischer One Night Stand. Flirten, Ficken und Tschüss. Ich bedankte mich für die schöne Nacht und verabschiedete mich mit einer Umarmung: „Mach´s gut, vielleicht sieht man sich wieder." „Ja, vielleicht", meinte sie und schloss zügig die Tür.

Stefanie

Wir hatten einen Wochenenddreh in Stuttgart. Zu viert fuhren wir ins Schwabenländle, wo wir erst mal unser Equipment ins Hotel brachten. Plötzlich klopfte es bei mir an der Tür. Es war eine junge, hübsche Frau in Dienstkleidung. Sie musste das Zimmermädchen sein. „Hallo", sagte sie freundlich, „ich habe vorhin eine Kleinigkeit vergessen." Sie verschwand ums Eck und kam mit einem Bademantel zurück. „Der ist für Sie, wenn Sie den Saunabereich oder den Pool nutzen wollen." „Danke", sagte ich. „Ach übrigens, haben Sie heute Abend schon etwas vor?" Hallo!! Hatte ich das gerade wirklich gesagt??

Okay, sie war sehr attraktiv, sie gefiel mir auf den ersten Blick, aber so eine direkte Anmache hatte ich mir lange nicht mehr geleistet. Sie schaute mich mit großen Augen an und wusste nicht, was sie sagen sollte. „Entschuldigung", stotterte ich, „ich weiß auch nicht, warum ich ... es ist einfach so aus mir herausgeplatzt. Meine Pferde sind mit mir durchgegangen." Sie war immer noch sprachlos, dann fragte sie: „Ist das Ihr Ernst? Oder ein Scherz? Wollen Sie mich veralbern oder so?"

„Nein. Sie gefallen mir, und ich dachte, vielleicht hätten Sie ja Lust, heute Abend mit mir etwas essen zu gehen. Ich würde Sie gerne einladen." „Wirklich?", schaute sie mich unsicher an. „Klar, Sie müssen nur Ja sagen." Sie überlegte kurz. „Eigentlich darf ich mich nicht mit Gästen des Hauses treffen, das wird nicht gerne gesehen." „Ach, halb so wild", beruhigte ich sie, „wir gehen irgendwo essen, natürlich nicht hier im Hotel. Wir fahren ins Zentrum, ich kenne dort einen guten Italiener. Sie haben doch auch ein Recht auf Privatleben, oder? Wenn Sie aber nicht wollen, dann sagen Sie es einfach."

„Doch, gerne, schon, ich möchte, ich mache mir nur Sorgen. Ich bin in der Probezeit und möchte keinen Fehler machen, wissen Sie?" „Klar, kann ich verstehen", beruhigte ich sie. „Ich verspreche Ihnen, das wird ein ganz netter Abend und Sie werden es nicht bereuen." „Na gut, okay, und wo sollen wir uns treffen, und wann?"

Ich schlug 19:30 Uhr vor und nannte ihr das Restaurant mitsamt Adresse. Sie verabschiedete sich mit den Worten „Tschüss, bis dann, ich freue mich" und verließ das Zimmer. Ich wusste nicht einmal, wie sie hieß, trotzdem spürte ich, dass da etwas war. Ein Gefühl, das mir sagte, dass es ein schöner, spannender Abend werden würde. Nach erledigter Arbeit machte ich mich schick für die Dame ohne Name. Elegant-lässig war mein Kleidermotto: Jeans, Hemd und Sakko. Dann fuhr ich in die City. Sie stand vor dem Restaurant und rauchte eine Zigarette. „Hi!", begrüßte sie mich nervös. „Scheint ein nobler Laden zu sein." „Ja, ich war hier schon dreimal, das Essen ist sehr lecker", erklärte ich. Wir gingen hinein und suchten uns einen schönen Tisch für 2.

„Ich bin übrigens die Stefanie", stellte sie sich vor und reichte mir ihre Hand. „Ein schöner Name", sagte ich und nannte ihr den meinen. Wir kamen nett ins Gespräch und bestellten uns Pizza. Stefanie war 20 Jahre alt, hatte mittellange, gelockte, braune Haare. Sie war knapp 1,70 m groß und wog etwa 50 kg. Sie trug schwarze Jeans und einen schicken, hautfarbenen Pulli. Ich suchte nach ihren Brüsten, konnte sie aber nicht entdecken. Keine Rundungen vorne, dafür hatte sie einen wohlgeformten Po.

Schon nach wenigen Minuten duzten wir uns. Ich erzählte Stefanie von meinen aktuellen Projekten. „Interessant", meinte sie, „aber Fernsehen ist nicht meine Sache. Das ist alles so pompös und übertrieben, so gestellt und getürkt." Das waren harte Worte. Was bildete sich dieses junge Ding ein? Andererseits faszinierte mich ihre Ehrlichkeit. „Tja, jeder macht halt das seine", lenkte ich ein. „Das ist mein Beruf, damit verdiene ich mein Geld, und Spaß macht es mir auch."

Stefanie wollte mehr über mich wissen: Alter, Hobbys, Beziehungsstatus. Ich gab ihr Auskunft und beendete die Frage-Antwort-Session mit dem Wort „Single". „Aha", staunte sie und lächelte geil. „Und Du?" „Auch", grinste sie verlegen. Der erste Schritt war getan, sie schien Interesse an mir zu haben. Irgendwie kamen wir auf das Thema „Sex" zu sprechen. „Könntest Du Dir vorstellen, mit einer Frau, die Du gerade erst kennengelernt hast, am selben Abend Sex zu haben?", fragte sie mich.

„Klar", meinte ich locker. „Hast Du so etwas schon mal gemacht?", wollte sie wissen. „Ja", antwortete ich, „und Du?"

„Ich auch, einmal." „Hast Du es bereut?" „Nein, nicht, es war gut." Die Unterhaltung wurde interessanter. „Du, hast Du heute Abend noch Termine?", fragte sie mich neugierig. „Nein, ich bin frei." „Hast Du Lust, zu mir zu kommen, wir könnten einen DVD-Abend machen", schlug sie vor. „Gern", lächelte ich, „das wird sicher ein netter Abend."

Stefanie wohnte in einer WG, ihre Mitbewohnerin war für 2 Wochen im Urlaub, das traf sich gut. Stefanies Zimmer war schön ordentlich. Als Zimmermädchen wusste sie ja, wie so etwas geht. Wir machten es uns auf dem Sofa gemütlich. „Auf was hast Du denn Lust?", fragte sie mich. „Also, wenn Du mich so direkt fragst", grinste ich, „auf Dich." Sie fing an zu lachen: „Ich meinte, auf welchen Film." „Was hast Du denn da?" „Was hältst Du von Mel Brooks?" „Klasse", jubelte ich, „ich liebe Mel Brooks!", und schon hatte sie „Spaceballs" in der Hand.

Spaceballs ist einer der lustigsten Filme, die ich kenne, ein absoluter Klassiker. „Geil", meinte ich, „absolut geil. Rein damit!" Wir schauten uns den Film an und lachten viel. Noch saßen wir harmlos nebeneinander, keine Annäherungsversuche von ihr oder von mir, Spaceballs ging einfach vor. Als der Film zu Ende war, drehte sie sich zu mir und fragte aufreizend: „So, und auf was hast Du jetzt Lust?" „Worauf hast Du denn Lust?", drehte ich den Spieß um. „Auf Dich." Bingo. Sie schloss ihre Augen und wartete auf einen Kuss. Sie bekam ihn. Wir knutschen, doch leider hatte sie Mundgeruch. So etwas törnt mich ab. Ich versuchte, so wenig wie möglich einzuatmen. Als ich ihr unter den Pulli ging, hielt sie meine Hand fest: „Warte, ich mache mich kurz frisch, dann können wir." Schlaues Mädel.

Ich hörte die Toilette spülen, das Waschbecken und eine elektrische Zahnbürste surren. Gutes Zeichen. Dann kam sie zurück und wir machten da weiter, wo wir aufgehört hatten. Sie roch nun viel besser, ihre Küsse schmeckten nach Pfefferminze. Nun war es an der Zeit, ihre Titties herauszuholen. Ich zog ihr Pulli, Shirt und BH aus, zum Vorschein kamen ziemlich kleine Dinger.

„Ich hasse meine Brüste, die sind so klein", sagte sie traurig. „Ach was", beruhigte ich sie, „ich finde sie schön. Sie sind zwar klein, aber fein. Sie gefallen mir, sie fühlen sich gut an." Ich nahm ihre beiden Mini-Airbags in meine Hände und knetete sie. „Ich habe schon oft darüber nachgedacht, ob ich sie vergrößern lassen soll", gestand sie mir mit gesenktem Haupt.

„Um Gottes Willen, tu das nicht!", ermahnte ich sie. „Künstliche Dinger sind total scheiße. Lass das, Du hast schöne, gesunde Brüste, was willst Du mehr?" Ich konzentrierte mich auf ihre rosa Brustwarzen und saugte daran wie an einer Mundharmonika. „Oh, gut!", stöhnte sie. Ihre Hände waren nun unter meinem Hemd und streichelten meinen männlichen Oberkörper. Dann machte sie sich an meiner Hose zu schaffen und holte Willy heraus. Ihre zarten Berührungen zeigten Wirkung, schnell wurde er zum Riesen.

„Mann, ist der schön", staunte sie. „So einen schönen Penis habe ich noch nie gesehen. Darf ich ihn auch in den Mund nehmen?" „Na klar", antwortete ich und schaute zu, wie sich ihr Mund über mein Glied senkte und wie sie langsam mit der Arbeit begann. Eines war klar: Stefanie war eine Blowjob-Expertin. Ein Mundgenie. Sie verstand es, einen Mann verrückt zu blasen. Sie behielt ihr langsames Tempo bei, doch das reichte, um mich an den Rand des Wahnsinns zu treiben. „Ich komme gleich!", stöhnte ich. „Mach weiter, genau so!" Da hörte sie auf.

„Ich möchte aber mit Dir schlafen." „Danach, versprochen, aber bitte mach weiter, es ist so geil!", forderte ich sie auf, den Blowjob zu beenden. Das tat sie dann. Ich spürte meinen Saft brodeln und die Zuckungen, als ich kam. Sie ließ mein Sperma aus ihrem Mund herauslaufen, es war viel. Mir drehte sich alles, ich zitterte am Körper und spürte meine Beine kaum noch. „Mann, war das intensiv!", lechzte ich nach Luft. „Kannst Du das gut!" Sie war glücklich und lächelte süß.

Nachdem ich mich kurz ausgeruht hatte, kümmerte ich mich um sie. Ich machte sie nackig und fing an, ihre Pussy zu stimulieren. Sie hatte da unten einen Irokesenschnitt, schmal und kurz getrimmt, einen schönen Unterkörper, zierliche Beine, einen geilen Po.

Ich spielte mit ihrer Klitoris, die im Vergleich zu anderen Frauen sehr groß war. Die musste ich lecken. Sie stöhnte laut auf, als ich mit meiner Zunge ihre empfindlichste Stelle traf. Schon nach 3 Minuten kam sie zum Orgasmus. Doch sie hatte nicht genug. „Weiter, weiter!", flehte sie. Nach 3 weiteren Orgasmen innerhalb von 10 Minuten brauchte sie eine Pause.

„Du bist echt ein Gott in dem, was Du tust", erkannte sie meine Leistung an. „Und jetzt möchte ich mit Dir schlafen."

Gesagt, geschlafen. Sie holte ein Kondom aus der Lade, und ab ging der Express. Sie wollte es von hinten, Doggy Style war ihre Lieblingsposition. Sie kniete sich genüsslich vor mich und hielt mir ihren Arsch hin. Hinein! Der Fick war geil. Ihre Pobacken bewegten sich rhythmisch zu meinen Stößen, ich genoss den Anblick sehr. Ich kam.

Nachdem wir zusammen geduscht hatten, zog ich mich an und verabschiedete mich von ihr. „Wenn Du Lust hast, können wir das morgen wiederholen. Aber ich habe erst ab 22 Uhr Zeit, wenn Dir das nicht zu spät ist." „Ach was, ist völlig okay. Kommst Du dann zu mir?", fragte sie. „So machen wir's", antwortete ich, „ich freue mich." „Ich auch", lächelte sie und umarmte mich.

Der nächste Arbeitstag war sehr anstrengend. Ich freute mich schon wie ein kleines Kind auf den Abend, auf Stefanie. Als ich aus dem Studio raus kam, war es bereits 22:30 Uhr. 15 Minuten später war ich bei ihr. Ich klingelte und die Maus öffnete. „Sorry, ist bisschen später geworden", entschuldigte ich mich. „Macht nichts, komm rein", empfing sie mich mit einem feuchten Kuss. Sie war sehr sexy angezogen. „Hast Du Hunger?" „Nein, wir hatten gutes Catering, ich bin satt", erklärte ich ihr. „Dann komm."

Sie nahm meine Hand und führte mich ohne Umwege ins Schlafzimmer, wo sie für mich strippte. Geil! Es törnte mich irre an, wie sie sich zur Musik bewegte und immer freizügiger wurde. Ich holte meinen Schwanz aus der Hose und begann, ihn für das Torfstechen vorzubereiten. Stefanie wollte unbedingt von hinten genommen werden, also tat ich das auch. Diesmal härter und kräftiger als das erste Mal.

Ich stieß tief hinein und erhöhte die Nagelfrequenz, bis ich mich nicht mehr zurückhalten konnte und meine Ladung abspritzte. Ein Kondom hatten wir diesmal nicht benutzt, in der Erregung vergessen, aber Stefanie nahm ja die Pille. Kein Problem also. Der Samen lief aus ihrer Pussy heraus und tropfte aufs Bett.

Ich wollte mich ausruhen, da setzte sie sich auf mich und drückte mir ihre Fotze ins Gesicht. Das war eine klare Aufforderung. Ich begann, sie und ihre große Klitoris zu lecken und bescherte ihr 3 geile Orgasmen. Ihr Körper zitterte wie der eines Aals, sie schwitzte wie ein Wasserfall. Ich war zufrieden, aber noch nicht ganz. Eines fehlte noch, der krönende Abschluss. It´s Blowjob-Time! „Bläst Du mir noch einen?", fragte ich sie. „Na klar."

Ich lag da und beobachtete, wie sie gekonnt mit ihren Händen und Lippen meinen Penis liebkoste. Es war der Wahnsinn! Ich kam mit lautem Schrei in ihren Mund. Sie schluckte alles. „Voll geil!", hechelte ich. „Was für ein Orgasmus!" Sie nahm mich in den Arm und wir kuschelten.

Ich schlief ein. Irgendwann klingelte mein Handy. „Ja, hallo?" „Hey, wo bist Du, wir warten auf Dich", ertönte es am anderen Ende. Es war mein Kollege Paul. „Scheiße, verschlafen", murmelte ich. „Wie lange brauchst Du?" „Ich bin gleich da", hechelte ich, „spätestens in einer halben Stunde." Mist, so etwas war mir noch nie passiert. Eigentlich wollte ich nicht bei Stefanie übernachten, aber nach dem Sex war ich so müde und kraftlos gewesen, da bin ich wohl eingeschlafen. „Was ist los?", fragte Stefanie schlaftrunken. „Ich muss zur Arbeit, die warten schon."

Ich zog mich hastig an und verabschiedete mich von ihr: „Sorry, ich würde lieber mit Dir ausschlafen, aber es geht leider nicht. Es war superschön mit Dir, vielleicht sehen wir uns mal wieder. Ciao." Ich entschuldigte mich bei meinem Team für das Zuspätkommen, was aber nicht weiter schlimm war. Wir erledigten unsere Arbeit und fuhren am späten Nachmittag nach München zurück, wo mich ein neuer Auftrag erwartete.

Eva

43, aber geil wie spitz. Das war Eva, die Chefsekretärin eines Partnerunternehmens. Ich musste für ein paar Tage nach Würzburg und sollte dort einige Schulungen halten. Ich fuhr mit dem Zug und Eva holte mich am Bahnsteig ab. Sie hatte lange, braune Haare, eine knackige Figur, große Möpse und einen Superpo. Selten zuvor hatte ich eine so hübsche Ü-40erin gesehen.

Eva hatte Stil, Etikette und Benehmen, sie kam aus reichem Haus und wusste genau, wie man sich in dieser Schicht zu verhalten hat. Unser Gespräch im Auto war sehr freundlich, wir verstanden uns gut und waren uns sympathisch. „Und wenn Sie etwas brauchen, wenden Sie sich jederzeit an mich", gab sie mir mit auf den Weg, als sie mich im Hotel ablieferte. „Darauf komme ich gerne zurück", lächelte ich.

Die ersten beiden Tage vergingen ohne besondere Vorkommnisse. Meine Schulungen waren erfolgreich, die Teilnehmer zufrieden und die Stimmung gut. Am dritten Abend stand ein Geschäftsessen mit Eva und ihrem Chef auf dem Programm, doch dem kam leider ein familiärer Notfall dazwischen, und so standen Eva und ich plötzlich alleine da. „Und jetzt?", fragte ich sie mit hochgezogenen Schultern. „Also, wenn Sie auch so einen Hunger haben wie ich, schlage ich vor, wir beide gehen jetzt zusammen ins Restaurant etwas Gutes essen, was meinen Sie? Der Tisch ist gebucht." „Einverstanden", erwiderte ich und wir machten uns auf den Weg.

In der „Goldenen Krone" kamen wir uns alsbald näher. Wir führten netten Smalltalk und sprachen übers Business und mehr. Ich erfuhr, dass sie mal verheiratet war, seit 7 Jahren aber wieder geschieden ist. Nach dem leckeren Essen entschlossen wir uns, den Abend noch fortzuführen und suchten uns eine gemütliche Bar. Dort tranken wir Scotch Whisky. Hartes Zeug. Verführendes Zeug. Eva wurde immer lockerer und tatschte mich die ganze Zeit an. Irgendwann schauten wir uns tief in die Augen und küssten uns. Ihre Lippen waren gierig und nass, ihr Rachen roch nach einer Whisky-Fabrik. Jetzt auch mit Zunge.

Ich wurde geil und musste mich zurückhalten, nicht in aller Öffentlichkeit nach ihren Brüsten zu greifen. „Zu mir? Zu Dir?", hauchte sie mir ins Ohr. „Egal", antwortete ich und ließ mich abschleppen. Eva war nicht mehr fahrtauglich, deshalb übernahm ich ihren Mercedes und fuhr auf ihr Kommando hin in die Parkstraße 53. Ein großes Haus stand dort. Es war ihres. Wir traten ein, Luxus pur. Sie erzählte mir lallend, dass es ein Geschenk ihres Chefs an sie war für jahrelange, treue Dienste an seiner Seite und in seinem Bett. Aha, ein typisches Chefsekretärinnen-Luder also.

Ab ging es ins Schlafgemach. Eva torkelte lachend aufs Bett und streckte ihre Arme nach mir aus. Lässig legte ich meine Krawatte ab, zog mir Sakko und Anzughose aus und streifte mein weißes Hemd ab. Eva nahm mich freudig auf und küsste mich wild im ganzen Gesicht. Ich entknotete ihr hübsches Kleid und zum Vorschein kam ein verdammt sexy Frauenkörper. Das Beste, was eine Ü-40erin bieten kann: trainierter Bauch, große Naturmöpse, hübsche Beine, schwarzer String. Ich streichelte ihren schönen Körper und schob meine Hand unter den Dreiecksstofffetzen. Eva jubelte und drückte meinen Kopf nach unten. Ich wusste genau, was sie wollte.

Langsam schob ich ihr das Höschen vom Körper und begann, mit meiner Zunge ihren Hügel zu erkunden. Der Hügel war gepflegt und teilrasiert. Ein zarter, bestimmender Schamhaarstrich verzierte ihre 43-jährige Pussy. Die schmeckte Gott sei Dank nicht so alt. Ich leckte schneller und intensiver, was Eva außerordentlich gut gefiel. Wenige Minuten später bäumte sich ihr Becken auf und sie zuckte wild herum. Orgasmus-Time. Glücklich sackte sie zusammen und strahlte mich an: „Das war geil! Und jetzt Ficken!"

Ich zögerte keine Millisekunde und legte los. Auf dem Nachttisch lagen Kondome, da bediente ich mich und zog mir ein Rotes drüber. Zuerst in der Missionarsstellung, ich auf ihr, dann sie auf mir in der Reiterposition, dann Löffelchen, dann im Stehen. Sie ließ sich wie eine billige Nutte in allen denkbaren Positionen nehmen und durchknallen. Wie geil! Ich kam voll auf meine Kosten. Immer wieder spürte ich meinen Orgasmus kommen, doch ich wollte und konnte ihn noch zurückhalten.

Nach 20 Minuten Dauerficken war Schluss: Mit einem lauten Stöhner explodierte ich und schoss meine Ladung Sperma ins Kondom. Ihre Pussy zuckte fleißig mit und bescherte mir einen hammermäßigen Höhepunkt.

Am nächsten Morgen schüttelte mich Eva wach. Es war spät, wir hatten den Wecker überhört und beeilten uns, um noch rechtzeitig zu unseren Terminen zu kommen. Auf die Minute genau traf ich im Schulungszentrum ein. Der Tag verging wie im Flug und ich freute mich schon auf den Abend mit Eva. Um 18:30 Uhr holte mich Eva ab und wir fuhren direkt zu ihr. Ich hatte tierisch Hunger, doch der verging mir, als Eva mich aufs Bett schubste und für mich strippte. Ich hatte sofort den Steifen hinterm Zaun.

Eva kam halbnackt zu mir auf das Bett gekrochen und verband mir mit einem Schal die Augen. Ich konnte nichts mehr sehen. Was hatte sie vor? Ich spürte, wie sie sich an meiner Hose zu schaffen machte und mir diese in einem Ruck auszog. Kurz darauf hatte sie meinen Willy in der Hand. Es fühlte sich toll an, wie sie langsam meine Vorhaut hoch und runter schob und dabei meinen Oberkörper küsste. Plötzlich spürte ich ihre Zunge an meinem Schwanz, der kurz darauf in ihrem Mund verschwand. Doch die Vorfreude währte nicht lange: Sie konnte nicht gut blasen. Zu langsam und mit zu wenig Druck lutschte sie meinen Schaft auf und ab, es war allemal Note 4. Es dauerte und dauerte und ich langweilte mich.

Endlich, nach geschätzten 30 Minuten, kam ich in ihren Mund. Der Orgasmus war intensiver als ich dachte, es hatte sich über die halbe Stunde einiges angestaut, was jetzt befreit wurde. Ich zog mir den Schal vom Gesicht und sah Evas Gesicht voll von meinem Sperma. Dieser Anblick entschädigte mich für den langweiligen Lutsch.

Nun wollte sie geleckt werden, darauf hatte ich keine Lust. Stattdessen rubbelte ich sie. Ich lag neben ihr und küsste sie mit Zunge, während meine Zeigefinger ihr Feuer entfachten. Als sie kam, stöhnte sie laut in meinen Mund und drückte mich fest an sich. So, nun knurrte mein Magen aber wirklich. Hunger! Eva hatte keine Lust auf Kochen, also bestellten wir Chop Suey beim Asiaten.

Das Essen war lecker, dabei amüsierten wir uns bei seichter Abendcomedy im TV. Auf dem Sofa fing sie schon wieder an zu fummeln. Ihre Hand öffnete den Reißverschluss meiner Hose und verschwand im Inneren. Schwupps, hatte sie meinen Penis in der Pfote und zog ihn raus in die Freiheit. Sie beugte sich in meinen Schoß und begann zu blasen. Leider wieder ziemlich schlecht. Die armen Männer, dachte ich. Da ist eine Frau schon 43 und hat nie gelernt, gescheit zu blasen. Am liebsten hätte ich meinen Schwanz weggezogen, aber das erschien mir zu unhöflich, also hielt ich ihn noch ein bisschen hin.

Als ihr Gesauge nur noch kontraproduktiv war, musste ich handeln. „Los, lege Dich hin, jetzt wird gefickt!", kommandierte ich sie nach unten und organisierte mir ein Kondom aus dem Schlafzimmer. Nun wurde das Sofa zur Pornobühne. Wieder in allen denkbaren Stellungen trieben wir es. Mehr hart als zart, das braucht so eine wie Eva. Die muss genommen werden, dass ihr Hören und Sehen vergeht. Schließlich kam ich in ihren engen, aber Analverkehr gewohnten Arsch.

Der nächste Abend war unser letzter. Wir gingen schick aus und tranken wieder zu viel Alkohol. Leider waren wir diesmal beide fahruntauglich, also mussten wir ein Taxi nehmen.

Bei ihr angekommen, fielen wir übereinander her und praktizierten Sex der härteren Sorte. Ich nagelte sie so heftig und hart, wie ich es lange mit keiner anderen Frau getan hatte. Evas Pussy war wund und hochrot, aber das störte sie wenig. Sie nahm meine tiefen Stöße genüsslich und hatte ihre Augen weit geschlossen. Mitten im Ficken kam sie zu einem bebenden Orgasmus, der mich dermaßen antörnte, dass auch ich kam. Wir relaxten bei einem gemeinsamen Bad in der Wanne und ließen die schönen Tage Revue passieren.

„Du bist ein toller Mann", strahlte mich Eva an, „schade, dass Du wieder weg musst. Wenn Du mal wieder in Würzburg bist, ich warte auf Dich!" Ich küsste sie. Sie küsste zurück. Die Badewanne wurde zur Sexwanne. Ich fickte sie in der Missionarsstellung, bis ich kam. Am nächsten Tag fuhr ich nach Hause.

Audrey

Audrey lernte ich auf der Geburtstagsfeier meines guten Kollegen Paul kennen. Der hatte viele Freunde und Kollegen eingeladen und veranstaltete ein großes Grillhüttenfest. Audrey fiel mir sofort auf. Sie war bildhübsch und zog alle Männerblicke auf sich. Sie war klein und zierlich, sah aus wie ein Engel, strahlte aber gleichzeitig etwas Verruchtes aus. Interessant.

Ich beobachtete sie. Sie genoss es, von Männern angeflirtet zu werden, doch nach spätestens 10 Minuten war sie immer wieder frei. Mein Jägerinstinkt erwachte. Ich musste es tun. Stolzen Schrittes marschierte ich auf sie zu und stellte mich vor. Sie musterte mich von oben bis unten und lächelte mich neugierig an. „Ich bin Audrey", grinste sie, „Pauls Ex." Ich staunte. Dieser Mann hatte Geschmack. Audrey erzählte, dass sie mal mit Paul zusammen war, ein paar Monate, mehr nicht. „Aber wir sind gute Freunde geblieben."

„Und Du arbeitest mit Paul zusammen?" „Ja", antwortete ich, „wir kennen uns schon seit Jahren. Paul ist ein prima Kerl." Wir verstanden uns gut und sprachen über Gott, die Welt und mehr. „Hast Du Lust auf einen Spaziergang?", fragte sie mich plötzlich. „Ja, gerne", antwortete ich und stellte mein Glas beiseite. Wir gingen in den Wald und immer tiefer hinein. Ich spürte, dass Audrey geil war und mich vernaschen wollte.

„Hast Du schon mal Sex im Wald gehabt?", wollte sie wissen. „Nein, bisher noch nicht", entgegnete ich. Sie blieb stehen und schaute mir tief in die Augen: „Hast Du Lust, es mal auszuprobieren?" Diese rhetorische Frage bedurfte keiner Antwort. Schon küssten wir uns und machten es uns zwischen den Bäumen gemütlich.

Wir legten uns auf unsere Jacken und vergaßen alles um uns herum. Ihre Hand wanderte in meine Hose und spielte meinen Dong steif. 2 Minuten später war auch sie fickbereit. Ich legte mich auf sie und drang in ihre Muschi ein. Viel sah ich nicht, es war schon dunkel. Da hörten wir plötzlich Rascheln, Stimmen und Schritte, die näher kamen. Panisch zogen wir geschwind unsere Hosen hoch und kauerten uns zusammen.

Es war ein anderes Pärchen, das dieselbe Idee hatte wie wir. Sie wollten ficken. Wir beobachteten sie, ihre Silhouetten und Umrisse, und trauten uns kaum zu atmen. Mist! Jetzt machten sie es sich im Gebüsch gemütlich, etwa 30 m entfernt von uns. Weg hier, dachten wir uns und schlichen leise davon. „Das war aber doof", meckerte Audrey unzufrieden, „ich hatte mich schon so darauf gefreut." „Ich auch", überlegte ich. „Was tun? Wohin?" „Komm mit", rief sie und lief vor. Ich hinterher. „Steig ein."

In ihrem Wagen, einem Peugeot, fuhren wir ein paar Straßen weiter und bogen dann in einen Waldweg ein. Hier war absolut nichts los. Hurra. Audrey stoppte den Motor, machte die Lichter aus und küsste mich zärtlich. „Komm auf die Rückbank", hauchte sie und zog sich Jacke, Pulli und Hose aus. Ich auch. Endlich war es soweit, endlich waren wir ungestört und konnten Spaß miteinander haben. Audreys Körper fühlte sich toll an: weich, zart, schön geformt. Erneut spielte sie meinen Schwanz steif. Dann legte sie sich hin und wartete darauf, von mir gefickt zu werden.

„Here we go", sagte ich und drang in sie ein. Ihre Pussy pulsierte und nahm meinen Penis gut in sich auf. Ich begann zu stoßen. Es war eng, verdammt eng ... das Auto meine ich. Ihre Pussy aber auch. Gut so. Das Auto wippte fröhlich mit, bis ich kam. 10 Minuten dauerte der Fick, dann ejakulierte ich ins Kondom. Audrey war zufrieden, auch sie war gekommen und hatte das bekommen, was sie wollte: schnellen Sex mit einem Fremden. Wir fuhren zurück zur Party und mischten uns wieder unter die Leute. Die Stimmung war gut, der Alkohol floss, einige waren am Knutschen.

Audrey tat auf einmal so, als wenn nie etwas passiert wäre. Ich beobachtete sie. Abgebrüht war sie, sie ging auf Abstand. Für sie war das Thema erledigt. Ihre langen, schwarzen Haare wehten mit dem Wind, ihr Gesicht wirkte glücklich, aber traurig zugleich. Ich schätzte sie auf 24. Ihre Ohrringe blitzten in der Nacht. Ich ging zu ihr und fragte sie, ob alles okay sei. „Klaro", sagte sie, „wieso?" „Weil Du auf Abstand gehst und mich gar nicht mehr beachtest", erklärte ich ihr meine Wahrnehmung.

„Erstens will ich nicht, dass Paul das erfährt, und zweitens war es nur Sex. Ich bin Dir nichts schuldig. Wir haben gepoppt, und gut ist." Ich verstand und fühlte mich benutzt. „Also keinen Kontakt mehr?", fragte ich nach. „Nee", meinte sie trocken und drehte mir den Rücken zu.

„Gut, wie Du willst", konterte ich beleidigt und ging von Dannen. Ich verabschiedete mich von Paul und den anderen und fuhr stinkig nach Hause.

Cinderella

Cinderella, 24 Jahre alt, Prostituierte. Ich war wieder in Sachen Produktion unterwegs und 3 Tage in Hamburg. Gleich am ersten Abend war mir langweilig und ich beschloss, etwas zu unternehmen. Eigentlich wollte ich nur in eine Bar etwas trinken gehen, doch auf dem Weg dorthin sah ich Cinderella. Sie war bildschön, schlank, etwa 1,73 m groß. Ich musste ihr folgen und herausfinden, wohin sie ging. Ihr Weg führte sie in den „Pussycat Club", ein Bordell. Da war mir klar, dass sie eine Nutte war.

Nutten sind verdammt wichtig für unsere Gesellschaft. Sie bieten Dienstleistungen an, die von fast allen Männern in Anspruch genommen werden. Sie befriedigen uns gegen Geld und erfüllen alle unsere Wünsche. Ich bin schon einige Male im Puff gewesen und es war immer eine nette Erfahrung. Nötig habe ich so etwas nicht, ich sehe gut aus und kann jeden Abend eine hübsche Frau abschleppen, aber diese Cinderella faszinierte mich ungemein. Ich musste sie haben.

Ich folgte ihr in den Club und begab mich an die Bar, wo einige halbnackte Ladies mich bezirzten. Ich trank Bier und wartete. Endlich kam Cinderella. Sie trug schwarze Strapse und war oben ohne. Ihre langen, schwarzen Haare wehten durch den Raum, ihre Brüste bewegten sich zu ihrem Gang und wippten fröhlich auf und ab. Sie marschierte auf mich zu und fragte mich, ob ich ihr etwas zu trinken spendieren wolle.

Nach einem Gläschen Champagner kamen wir zur Sache: „Kann ich Dir etwas Gutes tun?", fragte sie mich und legte ihre Hand auf meinen Oberschenkel. „Was kostet es?", wollte ich wissen. „Für 100 gibt´s eine Handentspannung oder Französisch, für 150 Geschlechtsverkehr." Ich betrachtete Cinderella und sah, dass sie wunderschöne Lippen hatte. „Dann für 100 Französisch." Sie führte mich in ihr Zimmer. Während ich mich auszog, legte sie eine CD von Enya ein. Dann kam sie zu mir aufs Bett und begann, mit ihren Händen zärtlich meinen Körper zu streicheln. Zuerst meine Brust, dann meinen Bauch, dann tiefer, bis sie ihn in der Hand hatte.

Es fühlte sich geil an. Gekonnt fing sie an, mit langsamen Auf-und-Ab-Bewegungen meinen Penis zu stimulieren. Ich fragte sie, ob ich ihre Titten berühren darf, doch sie sagte „Nein". „Ziehst Du wenigstens die Strapse aus?" „Okay", flüsterte sie und entblößte ihre wunderschöne, teilrasierte Pussy. Über ihrer Klitoris befand sich ein kleines Büschel Haare. Sexy, dachte ich, während sie die Position wechselte und sich vor mich knie-te. Sie zog mir ein Kondom über und begann, mich französisch ins Reich der Träume zu entführen. Ihre Lippen verschlangen meine Banane, während ihre Zunge mit kreisenden Bewegun-gen meine Eichel umfuhr. Es war göttlich! Diese Frau wusste, was ein geiler Blowjob ist.

Ich gab mir Mühe, nicht zu früh zu kommen, doch nach 5 Minuten konnte ich mich nicht mehr zurückhalten und erlebte einen bebenden Orgasmus. Sie saugte weiter am Stiel, bis er schlaff war. „Und, war´s schön?", fragte sie mich mit strahlen-den Augen. „Wunderschön", antwortete ich. Wir zogen uns an und führten Smalltalk. Ich erzählte ihr, dass ich nicht aus Ham-burg und nur für 3 Tage hier sei. „Hast Du Lust, morgen wieder zu kommen?", säuselte sie mich an. „Mal schauen, vielleicht." Ich verabschiedete mich und ging schlafen.

Den ganzen nächsten Tag musste ich an Cinderella den-ken. Diese wunderschöne Frau hatte mir so gut einen geblasen, dass ich dies noch einmal erleben wollte. Am Abend ging ich wieder in den „Pussycat Club". Während ich mein Bier trank, wehrte ich gekonnt sämtliche Anmachversuche anderer Prostis ab. Dann kam sie endlich. Sie sah mich und stolzierte auf mich zu. „Hi Süßer, ich habe schon auf Dich gewartet", empfing sie mich. Ich gab ihr einen Sekt aus und wir unterhielten uns kurz, bevor wir zum Thema kamen.

„Was möchtest Du heute?", fragte sie mich und legte ihre Hand auf meinen Oberschenkel. Ich wollte diese Frau nicht nur für eine Nummer haben, sondern für 2 oder 3. „Ich hätte gerne ein All-inclusive-Programm mit Dir, sagen wir 3 Stunden, geht das?" „Klar, es geht alles", meinte sie. „Kostet halt." „Wie viel?" „Für 3 Stunden mit allem – 400 Euro." Ich schluckte. „Ganz schön viel." „Dafür kriegst Du auch alles, was Du willst und so oft Du willst."

Dieser Satz überzeugte mich. Ich hatte gerade noch so viel Bares dabei, da kann ich mir das schon leisten, dachte ich. Cinderella begann, mit ihren sanften Händen meinen Körper zu liebkosen. Sie knabberte an meinen Brustwarzen, was mich sehr antörnte. Als mein Penis fest war, zog sie ihm ein Kondom über und kam auf mich drauf. Mit sanften Bewegungen ritt sie mich. Dann nahm ich sie von hinten und fickte sie Doggy. Kommen wollte ich in der Missionarsstellung. Ich wollte ihr hübsches Gesicht dabei sehen.

Ich rammelte wie ein Weltmeister, bis ich laut stöhnend meine Ladung ins Kondom spritzte. „Das war geil!", prustete ich. Cinderella nahm mir das Kondom ab und säuberte meine Lanze. „So, jetzt eine schöne Rückenmassage", forderte ich. Ich wollte die 3 Stunden voll nutzen und mich auf ganzer Ebene verwöhnen lassen, legte mich auf den Bauch, sie hockte sich über mich, streichelte und massierte mich.

Ich spürte ihn schon wieder steif werden und wollte nun einen Handjob zur Entspannung. Ich drehte mich um, sie legte sich seitlich neben mich und begann, meinen Penis zu wichsen. Mit dem linken Ellbogen stützte sie sich ab, mit ihrer rechten Hand vollzog sie die Arbeit. Sie nahm viel Öl und rieb meinen Schwanz schnell und zielstrebig. Ihre langen, schwarzen Haare bedeckten mein Gesicht, ihr wunderschöner Rücken und ihr sexy Po lagen vor mir.

„Ich komme gleich!", warnte ich sie. Sie kniete sich neben mich. Mit zügigen Bewegungen brachte sie mich zu einem spritzigen Höhepunkt. Ich sah, wie mein Samen hochschoss, mindestens einen halben Meter, bevor er auf meinem Bauch landete. Immer wieder kam eine Ladung. Sie sagte nur „Wow!" und wichste weiter, bis es zu Ende war.

1 Stunde blieb mir. Zunächst musste ich mich erholen und für einen letzten Fick Kraft sammeln. Wir lagen nebeneinander und sie erzählte mir von ihrem Leben als Hure: „Du bist okay, anständig, gut zu mir. Da gibt es ganz andere. Die vergewaltigen mich fast oder behandeln mich wie eine Schlampe. Einer hat mich mal mit einem Messer bedroht, ein anderer wurde beim Sex gewalttätig. Zum Glück kamen mir meine Kolleginnen zur Hilfe, als sie meine Schreie hörten.

Einer hat mich mal privat verfolgt und ständig belästigt, der war ein Stalker. Da ging ich zur Polizei. Weißt Du, ich mache das hier wirklich gerne, Sex und so, Männer beglücken, ich finde das geil, mir macht das Spaß, aber der Beruf hat seine Schattenseiten. Viele Kolleginnen sind dem Alkohol verfallen oder nehmen Drogen. Ich will das nicht. Und was soll ich machen, wenn ich älter bin, wenn ich nicht mehr so hübsch bin? Ich könnte wieder als Stewardess arbeiten, das habe ich davor gemacht, aber immer die Saftschubse zu spielen, ist nicht mein Ding."

Cinderella war eine echt süße Frau, doch wie sollte ich ihr helfen? Ich verstand ihre Probleme und Sorgen und sprach ihr Mut zu: „Das wird schon, mach Dir keine Sorgen. Zum richtigen Zeitpunkt wirst Du das Passende finden. Bleibe einfach so stark wie Du bist und lasse Dich nicht mit in den Sumpf ziehen."

So, genug geredet, jetzt war ich fit für'n Fick. „Einmal geht noch", forderte ich sie auf, und sie gehorchte. „Was möchtest Du?", fragte sie mich lieb. „Von Dir gefickt werden. Aber blase ihn erst einmal steif." Cinderella nahm meinen Dong in den Mund und saugte ihn hart. Scheiß Kondom, dachte ich, wie gerne hätte ich ihre Lippen direkt an ihm gespürt. Dann ritt sie mich in einem Affentempo zum meinem dritten Orgasmus des Abends. Als ich kam, stöhnte auch sie immer lauter und zitterte am ganzen Körper. Sie atmete tief durch und legte sich neben mich. „Du wirst es wahrscheinlich nicht glauben, aber ich fand das jetzt so geil mit Dir, dass ich auch gekommen bin." „Cool", sagte ich lässig und fühlte mich mal wieder bestätigt.

Die restliche halbe Stunde erzählte sie mir von ihren Träumen und Visionen. Sie kuschelte sich an mich und meinte immer wieder, dass ich ihr wirklich gefalle und ein toller Mann sei. „Hoffentlich sehe ich Dich wieder", meinte sie zum Abschied. „Wenn ich das nächste Mal in Hamburg bin, bestimmt."

Beate

Ich flog zurück nach München und lernte am Munich Airport Beate kennen. Ich holte meinen Koffer vom Band, da erblickte ich eine hektische, junge Frau, die aufgeregt nach etwas suchte. „Kann ich helfen?", fragte ich. „Habe mein Handy verloren", jammerte sie und suchte weiter. Sie tat mir leid, also musste ich ihr helfen. Zusammen durchforsteten wir den gesamten Gepäckbereich, doch die Suche blieb erfolglos.

„Vor 20 Minuten habe ich damit telefoniert, wo kann es sein?" „Wohl verlegt oder aus der Tasche gefallen", versuchte ich sie zu beruhigen. Dann kam mir die Idee: „Wie lautet Ihre Nummer? Ich rufe Sie an." Die hübsche Unbekannte nannte mir ihre Ziffern und ich tippte fleißig ein, dann drückte ich die Ruftaste. Doch ein Kleingeln hörten wir nicht, stattdessen meldete sich jemand am anderen Ende: „Hallo!"

Ich ergriff die Initiative und erklärte der älteren, männlichen Stimme, dass dieses Handy verloren gegangen sei und wir es suchen. „Kein Problem", meldete die andere Seite, „Sie sind bei der Fundstelle. Das Handy ist vor wenigen Minuten bei uns abgegeben worden. Da haben Sie noch mal Glück gehabt." Diese tollen Infos überbrachte ich sofort meiner Begleitung, die mich herzlich umarmte und bat, mit ihr das Handy abzuholen. „Vielen Dank!", strahlte sie mich an. „Darf ich Ihnen etwas Gutes tun dafür? Ein Getränk oder Essen vielleicht?" Wir einigten uns auf einen schnellen, gemeinsamen Kaffee und machten es uns im nächstbesten Flughafenbistro gemütlich.

„Beate", stellte sie sich vor und erzählte mir, dass sie in der Werbebranche tätig sei. „Ich bin viel unterwegs, Flughäfen sind mein zweites Zuhause." „Und wo ist Ihr erstes?" „München. Und Sie?" „Ich arbeite dort", antwortete ich. Wir kamen nett ins Gespräch und verstanden uns gut. Beate war eine sehr hübsche Frau: 25 alt, etwa 1,70 groß und um die 50 schwer.

Sie glich Avril Lavigne aufs Haar. Und die gefällt mir – zumindest optisch, ihre Musik nicht. Lange, blonde Haare und funkelnde Augen, dazu eine gewisse Aura. Nach dem Plausch tauschten wir unsere Nummern und verabschiedeten uns.

2 Tage später klingelte mein Handy: Es war Beate. „Ich möchte mich gerne noch einmal in aller Ausführlichkeit bei Ihnen für Ihren heroischen Einsatz bedanken. Darf ich Sie zum Essen einladen?" Diese Einladung konnte ich unter keinen Umständen ablehnen. Noch am selben Abend saßen wir beim Italiener und ließen uns Spaghetti munden. Beate schien großes Interesse an mir zu haben, ihre Augen sprachen eine deutliche Sprache. Ihr Mund tat dies auch: „Sagen Sie mal, ist das okay für Sie, wenn wir uns duzen? Ich finde das schöner." „Ich auch."

Wenig später der nächste Fingerzeig: „Ich muss schon sagen, Du bist echt super gekleidet und für einen Mann sehr gepflegt, das gefällt mir. Sind nicht viele Männer so." Und es ging weiter: „Single oder in festen Händen?" Ich wich der Frage geschickt aus und gab sie zurück. „Single", grinste sie. Ich fragte nach: „Single und geil oder Single und langweilig?" „Ha, Single und geil!", war ihre Antwort. Das reichte mir. Ich wusste nun, sie wollte mich.

Ihre Augen loderten wie Feuer und ich spürte ihre Hand an meinem Oberschenkel. Sie saß im 90-Grad-Winkel neben mir und begann tatsächlich, mich im Restaurant körperlich zu stimulieren, zwar recht harmlos, aber dafür wirksam. Ihre Hand knetete an meinem Oberschenkel herum und fuhr langsam und sicher unter Deckung des Tisches hoch in Richtung Ding Dong. Wenig später hatte sie ihr Ziel erreicht, sie spürte den Mount Everest.

Meine Beule in der Hose war härter als ein Betonhammer und freute sich über das verbotene Tischspiel. Wir zahlten schnell und gingen. Beate wohnte luxuriös in München-Schwabing. Eine 4-Zimmer-Wohnung mit allen Extras plus Whirlpool. Geil! Sie musste gut verdienen, sich so etwas leisten zu können. Ich hätte den Whirlpool gerne getestet, doch Beate hatte andere Pläne.

Sie zog mich ins Schlafzimmer und drückte mich auf das Bett. Während sie auf meinem Oberkörper kniete, zog sie sich langsam und sexy ihr Oberteil und dann ihren BH aus, zum Vorschein kamen wunderschöne, mittelgroße Brüste.

Sie beugte sich zu mir runter und küsste mich. Zuerst zärtlich, dann gierig und gieriger. Das gefiel mir. Sie konnte gut küssen. Ich machte fleißig mit und öffnete ihren Rock, während sie sich an meiner Hose zu schaffen machte. Minuten später waren wir beide nackt.

Beate war eine Traumfrau: Ihr Körper war jung, schön und fest, ihre Muschi glatt wie ein Aal, ihr Bauch mit einer Sonne tätowiert, in ihrem Bauchnabel steckte ein Stern-Piercing. Beate war wie im Rausch und begann, meinen Körper von oben bis unten zu küssen. Ich wurde immer aufgeregter und konnte es kaum erwarten, bis sie an meinem Penis angekommen war, doch sie ließ sich ganz bewusst Zeit.

Endlich hatte sie ihn im Mund. Hurra! Was für ein befreiendes, erlösendes Gefühl! Sie konnte verdammt gut blasen. Ihre rechte Hand wichste dabei sanft mit. Mann, war das gut! Schon nach wenigen Minuten konnte ich mich nicht mehr zurückhalten und kündigte ihr meinen Orgasmus an. Beate hörte auf der Stelle auf, doch es war bereits zu spät. Mein Penis zuckte wild und stieß die erste Samenladung raus. Beate kapierte schnell, griff zu und wichste zügig und beherzt alles aus mir heraus. „Mann, Du warst aber flott, ich kam gerade erst so richtig in Schwung", blickte mich Beate etwas enttäuscht an, „ich hätte so gerne mit Dir gefickt."

„Kein Problem", beruhigte ich sie, „machen wir. Gib mir 5 Minuten, dann können wir." Sie strahlte. Beate spielte meinen Dong wieder steif und zückte ein Kondom aus ihrer Schublade. Das Kondom kam über meinen Penis und dieser in ihre Scheide. Sie saß auf mir und ritt mich gut. „Hammer!", stöhnte sie und bewegte sich wie eine Bauchtänzerin. Nun hatte ich Lust auf Adrenalin.

„Lass mich jetzt mal!", schob ich sie weg und drückte sie aufs Bett. Sie spreizte ihre hübschen Beine und ihr blankes Dreieck wurde immer größer. Genau mitten rein steckte ich ihn und begann sie zu ficken.

Beate hatte ihre niedlichen Augen aufgerissen und starrte mich lasziv-geschockt an, während ich vorwärts und rückwärts meine Arbeit verrichtete. Ich knallte sie ordentlich durch, bis sie mich bat, aufzuhören, weil es ihr wehtue. Gut, dann halt wieder etwas sanfter.

Jetzt wollte sie von hinten genommen werden. Doggy Style war geil. Ihre Pobacken waren mit die schönsten, die ich je berühren durfte in meinem Leben bisher. Wie 2 halbe Apfelsinen strahlten sie mir entgegen, rund, zart und anregend. Hinter dem Bett hing ein großer Wandspiegel, der mir die Gelegenheit gab, alles genauestens mitzuverfolgen. Beate war so schön und genoss den Sex mit mir sehr. Sie wurde lauter, also nagelte ich wieder heftiger, um ihr ihren Orgasmus zu verschönern.

Sie kam heftig. Dadurch motiviert, ließ ich mich gehen und füllte das Stück Gummi mit meinem Saft. Glücklich und zufrieden verließ ich Beate und versprach ihr, mich bald wieder bei ihr zu melden.

2 Wochen später hatte ich Zeit und Lust, diese hübsche Blondine wiederzusehen. Als sie meine Stimme am Telefon hörte, freute sie sich riesig: „Hey, schön, dass Du anrufst! Ich habe die ganzen Tage schon darauf gewartet!" Wir verabredeten uns für den frühen Abend bei ihr und ich freute mich schon sehr auf den Sex mit ihr. Beate erwartete mich im Tanga und ohne BH. Mir stockte der Atem, als ich sie sah: Ihre Haare hatte sie zu einem Schwanz zusammengebunden, ihr Körper war eingeölt und glänzte. Sie zog mich schnell zu sich rein und führte mich zum Whirlpool. „Hast Du Lust?" „Na klar!", antwortete ich und zog mich rasch aus.

Der Whirlpool war einfach genial! Wir lagen zuerst nebeneinander, dann aufeinander. Küssen, Knutschen, Liebkosen, Streicheln. „Weißt Du was? Manchmal mache ich es mir hier im Whirlpool selbst", grinste mich Beate frech an. „Die Düsen sind noch geiler als ein Vibrator." „Echt?", staunte ich und fragte sie nach Details. Die gab sie mir. „Also, zuerst lege ich mich so hin und spreize meine Beine. Hier unten sind die besten Düsen, die müssen genau meinen Kitzler und meine Schamlippen treffen. Noch ein bisschen vor … ja, jetzt! Siehst Du? Hier, fühl mal. Das ist geil! Dann schließe ich meine Augen und genieße. Dabei streichle ich mit der einen Hand meine Brüste und mit der anderen meine Vagina. Gerne stecke ich mir auch 2 Finger unten rein und ficke mich selbst."

Das waren keine leeren Worte, sondern Taten! Sie tat es wirklich! Sie masturbierte vor meinen Augen mit den Düsen des Whirlpools. Wahnsinn! Sie begann immer lauter zu stöhnen und steigerte sich in Ekstase. Nach etwa 5 Minuten war es soweit: Sie musste kommen. Ich tauchte ab und saugte mich unter Wasser an ihrer Pussy fest. Die Düsen schossen mir voll ins Gesicht, aber das war mir egal. Als sie kam, bebte nicht nur ihre Pussy, sondern das ganze Becken. Ich bekam kaum noch Luft, doch blieb fest angesaugt an ihrer Pussy dran und wollte ihren extravaganten Orgasmus so nah und so krass wie möglich erleben.

Es war eine neue Erfahrung für mich, die mir leider auch eine Menge Wasser im Bauch einbrachte. Trotzdem war es geil. Beate strahlte mich an: „Das war ein Hammerorgasmus!

Es fühlte sich voll geil an, die ganzen Düsen, das Wasser, Du mit dem Mund – einfach Hammer!" 5 Minuten relaxen. „Ich möchte wissen, ob die Düsen auch bei Dir wirken", schoss es plötzlich aus ihr heraus. „Komm, setz Dich mal richtig hin, vielleicht so!", dirigierte sie mich in die möglicherweise richtige Stellung. „Autsch!", rief ich und zog zurück. „Der Strahl zerschießt mir ja die Hoden!" „Dann komm ein wenig hier herüber, das müsste für Dich besser sein." In der Tat, hier fühlte es sich um einiges schöner an.

Ich spürte schnell, wie die Düsen bei mir wirkten. Mein Penis war schon vollsteif und genoss die wässerlichen Stimulationen. „Das fühlt sich echt cool an", nickte ich Beate zu und küsste sie nass auf den Mund. Ihre rechte Hand war nun unter Wasser und streichelte sanft meinen Dong. Sie wichste nicht, sondern streichelte nur. Das fühlte sich in Kombination mit der Düsenmassage himmlisch an.

Nach paar Minuten war mein Penis gut massiert, sodass sich der Orgasmus näherte. Beate ließ sich davon überhaupt nicht beeindrucken und behielt ihr ganz langsames Streicheltempo bei. So kam ich zu einem Megaorgasmus!

Ich spürte deutlich, wie mein Penis Ladung für Ladung ins warme Wasser schoss und meine Hoden sich immer wieder zusammenzogen. Beate lächelte glücklich und streichelte immer weiter, bis es vorbei war. Nach diesem spritzigen Erlebnis ruhten wir uns auf dem Bett aus und schliefen gut gelaunt ein. Am nächsten Morgen verließ ich Beate und widmete mich neuen Abenteuern.

Manu

Ich war in der S-Bahn. Eine kleine, niedliche Blondine stieg ein und setzte sich gegenüber. Ich schätzte sie auf Anfang 20. Sie war hübsch, aber langweilig angezogen. Ich musterte sie genauer. Plötzlich schaute sie mich an und fragte: „Is′ was?" „Nein", antwortete ich, „alles okay." Ich kam mir ertappt vor, holte ein Buch hervor und begann darin zu lesen. Dann merkte ich, wie sie mich beobachtete. Immer wieder sah ich den Blick. Schließlich nahm ich das Buch beiseite und fragte sie: „Is′ was?" „Nö, alles okay", konterte sie. Wir schauten uns weiter an und begannen zu lachen.

Ich stellte mich vor und reichte ihr die Hand. Ihre Finger fühlten sich merkwürdig an: fest und rau. Sie erzählte mir, dass sie Kunst studiert und viel malt. Ein paar Stationen später musste ich aussteigen. Ich fragte sie, ob sie Lust hätte, mit mir mal etwas trinken zu gehen, und sie sagte „Klar, warum nicht". Sie gab mir ihre Nummer und ich verabschiedete mich mit den Worten „Tschüss, bis bald".

Tage vergingen, bevor ich wieder an Manu dachte. Obwohl sie rein optisch nicht meine Traumfrau war, hatte sie etwas Süßes an sich. Das Schüchterne, Zurückhaltende ging mir nicht aus dem Kopf. Ich musste sie wiedersehen. Also klingelte ich Manu an: „Weißt Du noch, wer ich bin? Der fesche Kerl aus der Bahn." „Klar. Ich freue mich, dass Du anrufst." Ich fragte sie, ob sie für den Abend schon Pläne hat. Als sie „Noch nicht" sagte, schlug ich ihr vor, zusammen etwas trinken zu gehen. Spontan sagte sie „Ja, gerne", was mein Herz schneller klopfen ließ.

Sie kam, wie ich sie in Erinnerung hatte: hübsch, aber seltsam gekleidet. „Na, wie geht′s Dir?", fragte ich sie. „Gut, ich habe heute ein tolles Bild fertiggestellt, an dem ich Wochen lang beschäftigt war. Ist geil geworden." „Cool, was denn für ein Bild? Beschreibe es mir." Sie überlegte. „Hm, weiß nicht, wie ich es beschreiben soll. Kunst kann man nicht beschreiben, Kunst muss man sehen. Jeder interpretiert Bilder anders. Wenn Du möchtest, zeige ich es Dir später."

Ich war überrascht. Mit einer direkten Einladung zu ihr nach Hause hatte ich nicht gerechnet. „Gerne." Wir bestellten Cola und unterhielten uns über Gott und die Welt. Plötzlich meinte sie: „Du, in der Bahn hatte ich das Gefühl, Du starrst mich die ganze Zeit an. Was war los?" „Ich fand Dich süß, Du hast mir gefallen." „Und, gefalle ich Dir noch?" Ganz schön frech, dieses Mädchen. „Ja, ich finde Dich nach wie vor sehr süß." „Danke", lächelte sie und lief rot an.

Manu erzählte mir von ihrem Ex-Freund, mit dem sie 2 Jahre zusammen war, der sich aber dann von ihr trennte und als Roadie mit Band auf Tour ging. Sie habe ihn geliebt, meinte sie traurig. Das sei jetzt ein halbes Jahr her, seitdem habe sie keinen Mann mehr gehabt, naja, zumindest nichts Festes.

Nach 2,5 Stunden Bargeflüster machten wir uns auf den Weg zu ihr. Manu wohnte in einer ausgeflippten 2-Zimmer-Wohnung. Viele selbstgemalte Bilder hingen an der Wand, ich kam mir vor wie in einem kleinen Atelier. Sie schien ein bisschen chaotisch zu sein, so, wie sie lebte. Ordnung gab es bei ihr nicht. Trotzdem fühlte ich mich wohl. Sie zeigte mir das Bild, von dem sie mir erzählt hatte. Es war groß, etwa 1x1 m, und bunt. Ich konnte nichts erkennen, außer ein Wirrwarr an Farben.

Dass das ein Schmetterling sein sollte, der durch den 3-dimensionalen Raum der Zukunft fliegt, hätte ich eigentlich auf den ersten Blick sehen müssen. Darauf wäre ich nie gekommen! Aber gut, das ist halt moderne Kunst. Während Manu uns 2 Apfelschorlen mischte, fragte ich sie, ob ich auch mal etwas malen darf. „Klar", sagte sie und holte eine neue Leinwand hervor. Sie gab mir Pinsel und Farben, doch ich stellte mich extrem ungeschickt an.

„Einen Pinsel hält man so", sagte sie und steckte mir den Pinsel richtig zwischen die Finger. „Jetzt nimmst Du etwas Farbe und beginnst zu malen." Leichter gesagt als getan. Ich wusste nicht, was ich malen sollte, und wie. „Komm, wir malen zusammen eine Blume. Auf geht´s!" Langsam und sicher führte sie meine Hand mit dem Pinsel und es entstand eine schöne Blume auf der Leinwand.

„Ich wusste nicht, dass ich so gut malen kann", scherzte ich. „Jetzt einen Vogel." Wieder half sie mir, und gerne ließ ich mich führen. „So, jetzt male ich Dich", grinste ich. „Nein, das tust Du nicht!" „Doch, und wie!", konterte ich und begann eigenständig zu malen. „So, und so, und so, hier die Brüste …". „Moment mal, so kleine Brüste habe ich nicht", reklamierte sie. „Das weiß ich doch nicht, Du trägst so komische Sachen, da ist das so schwer zu erkennen", meckerte ich. „Wenn Du ein schönes, sexy Top anziehst anstatt diesem Pulli, kann ich Dir genau sagen, wie groß sie sind und sie auch richtig malen."

„Okay", sagte Manu und verschwand im Schlafzimmer. Geil, dachte ich, die macht das wirklich, jetzt wird's spannend. Manu kam im sexy, engen, gelben Top zurück, ich konnte ihre Brüste nun deutlich erkennen, die Form, auch ihre Brustwarzen, die langsam steif wurden. Etwas anderes wurde auch steif.

„75B, richtig?", schoss es aus mir heraus. „Woher weißt Du das?" „Das sieht der Experte", lachte ich. Ich malte ihr größere Brüste und signierte mit meinen Initialen. „So, jetzt möchte ich sehen, ob ich die Brüste auch richtig getroffen habe." Sie schaute mich mit großen Augen an. „Du gehst aber ran." „Du gefällst mir halt, und ich würde gerne …". „Wenn Du möchtest, darfst Du nachschauen." „Wirklich?" „Ja."

Langsam glitten meine Hände unter ihr Top. Manu hatte ihre Augen geschlossen und atmete tief. Ihre Brüste fühlten sich toll an, schön rund, nicht so groß, aber nett. Ihre Brustwarzen waren hart wie Stein. Ich kniete vor ihr und begann ihren Bauch zu küssen. Sie hatte da zwar ein paar kleine Speckröllchen, aber sonst war es ein schöner Bauch. Ich zog ihr das Top aus und saugte an ihren Brustwarzen, was sie in Ekstase versetzte.

Manu ergriff meine Hand und führte mich in ihr Schlafzimmer, wo wir weiterkuschelten. Sie war sehr passiv und überließ alles mir. Ich zog sie aus. Sie hatte eine Menge Schamhaare, was mich aber nicht störte. Ich begann sie zu lecken, doch sie schmeckte mir nicht. Ich wartete darauf, auch einmal von ihr angefasst zu werden, einen geblasen zu bekommen, aber sie lag nur da und genoss.

Ich fragte sie nach einem Kondom, sie hatte welche in einer Lade neben dem Bett. Ich zog mir ein schwarz genopptes Gummi über und führte meinen Penis in sie ein. Sie war eng, sehr eng. Geil! Da waren noch nicht viele Männer drin gewesen. Wir hatten langsamen, zärtlichen Sex, nichts Animalisches. Nach ein paar Minuten stöhnte sie auf, kurz darauf kam ich.

Der Sex mit Manu war nicht schlecht, aber anders, als ich erwartet hatte. Zu zärtlich, zu sanft. Etwas heftiger wäre mir lieber gewesen. Egal. Ich nahm eine Dusche und wollte gehen, doch Manu bat mich, sie flehte mich fast an, zu bleiben. Na gut. Ich blieb die Nacht bei Manu, die sich voll an mich ran kuschelte und mich gar nicht mehr loslassen wollte.

Am nächsten Morgen hatten wir noch einmal Sex, dann verließ ich sie und war froh darüber. Ich sagte ihr, ich würde mich bei ihr melden, was ich ein paar Tage später auch tat und ihr erklärte, dass es was Einmaliges, ein One Night Stand, war, mehr nicht. Manu begann zu weinen und gestand mir, dass sie sich in mich verliebt hatte. Das hatte ich befürchtet.

Ich zog ihr den Zahn und gab ihr zu verstehen, dass sie sich keine Hoffnung machen soll und wir uns nicht wiedersehen werden. Als sie nicht locker ließ, sagte ich ihr, dass ich eine andere Frau kennengelernt habe. Sie legte auf. Thema erledigt.

Buch-Tipps vom Womanizer

1)
The Womanizer
Ich, der Fremdgeher 1
Die Abenteuer des Womanizers

Sex, Erotik, Liebe, Lust & Leidenschaft – dies ist die spannende Geschichte, die Autobiografie des Womanizers, eines Mannes, der seinem Leben keine Grenzen setzt und sich alle sexuellen Wünsche und Träume erfüllt.

Obwohl er glücklich in einer Beziehung mit seiner Freundin Andrea ist, die er über alles liebt, gönnt er sich alle Freiheiten, um das zu genießen, wovon andere Männer träumen. Er erlebt fantastische Abenteuer ebenso wie böse Reinfälle, heiße Affären, Sex mit 3 Frauen gleichzeitig, Erpressung, Glück und Leid in Beziehung und One Night Stands.

Erfahren Sie mehr über den Mann hinter der Maske und sein Leben. Fantasien werden Wirklichkeit, Wünsche wahr.

Ich, der Fremdgeher 1 ist ein hochexplosives und spannendes Werk, das den Leser fesselt, anregt und erregt. 63 Kapitel voller Sex, Lust und Leidenschaft. 200 Seiten pure Erotik.

Doch auch Schuld und Moral spielen eine Rolle. Immer wieder hinterfragt er sein schändliches Treiben und will seiner Freundin treu bleiben, doch die Lust ist zu groß und die weiblichen Reize sind zu stark ... und so stürzt er sich in das nächste Abenteuer.

Ein Buch, über das Sie noch lange sprechen werden!

ISBN 978-3-8423-2186-1
Books on Demand

Buch-Tipps vom Womanizer

2)
The Womanizer
Ich, der Fremdgeher 2
Neue Abenteuer des Womanizers

Dies ist Teil 2, die prickelnde Fortsetzung der spannenden Lebensgeschichte des Womanizers, eines Mannes, der seinem Dasein keinerlei Grenzen setzt und sich alle seiner sexuellen Wünsche und Träume erfüllt.

Obwohl er mittlerweile glücklich verheiratet und stolzer Vater eines Sohnes ist, gönnt er sich die Freiheiten, um das zu genießen, wovon andere Männer nur träumen. Er erlebt fantastische Abenteuer ebenso wie böse Reinfälle, heiße Affären, Glück und Leid in Beziehung und One Night Stands.

Erfahren Sie alles über den Mann hinter der Maske und sein geniales Leben. Fantasien werden Wirklichkeit, Wünsche wahr.

Ich, der Fremdgeher 2 ist ein explosives und reizvolles Werk, das den Leser fesselt, anregt und erregt. 35 Kapitel voller Sex, Liebe und Leidenschaft, 200 Seiten pure Erotik, das ist die fantastische Welt des Womanizers.

Doch auch Schuld und Moral spielen eine Rolle. Immer wieder hinterfragt er sein schändliches Treiben und will seiner Frau treu bleiben, doch die Lust ist zu groß und die weiblichen Reize sind zu stark ... und so stürzt er sich in das nächste Abenteuer.

Die geniale Fortsetzung von Ich, der Fremdgeher 1. Ein Buch, das Sie nicht mehr loslassen wird, denn tief in Ihnen stecken auch der Trieb, die Lust, die Gier auf Erfüllung aller Ihrer sexuellen Wünsche und Fantasien.

ISBN 978-3-8448-7446-4
Books on Demand

Buch-Tipps vom Womanizer

3)
The Womanizer
Ich, der Fremdgeher 3
Die letzten Geheimnisse des Womanizers

Dies ist Teil 3, der prickelnde Abschluss der Trilogie über das einzigartige Leben und Wirken des Womanizers, eines Mannes, der sich, trotz hübscher Ehefrau und zweier wundervoller Kinder, außertourlich alle seine sexuellen Wünsche und Träume erfüllt. Dabei erlebt er das, wovon andere Männer nur träumen.

Diesmal u.a.: Sex mit den blutjungen Animateurinnen Grit und Hanna, spannende Abenteuer in der Glory Hole Bar, eine heiße Romanze mit PR-Marketing-Lady Ella, der fantastische Vierer mit den US-Girls Chloe, Madison und Stella, Kindermädchen Magdalena auf Extratour, Erotikmassagen der göttlichen Luisa, Jugenderinnerungen an Raliza, Techtelmechtel mit Praktikantin Aiko, Reinfall mit Frauke, Oh Julia, Andreas geheime Kiste, Ü-50erin Sabrina, Playboy-Lifestyle mit den Hostessen Torrie und Whitney, die scharfe Kerstin u.v.m.

Ich, der Fremdgeher 3 ist ein explosives und reizvolles Werk, das den Leser fesselt, anregt und erregt. 34 Kapitel voller Sex, Liebe und Leidenschaft, 200 Seiten pure Erotik, das ist die extravagante Welt des Womanizers.

Die geile Fortsetzung von Ich, der Fremdgeher 1 & 2. Ein Buch, das Sie nicht mehr loslassen wird, denn tief in Ihnen stecken auch der Trieb, die Lust, die Gier auf Erfüllung aller Ihrer sexuellen Fantasien.

ISBN 978-3-7460-1524-8
Books on Demand

Buch-Tipps vom Womanizer

4)
The Womanizer
Sex Bomb
100 Tricks, Frauen ins Bett zu bekommen

DER PLAYBOY TRICK * DER PIANIST TRICK * DER FEUERWEHRMANN TRICK * DER BABYSITTER TRICK * DER 6 RICHTIGE IM LOTTO TRICK * DER BILLARD TRICK * DER MAGISCHE ZETTEL TRICK * DER KINO TRICK * DER HUNDEHALTER TRICK * DER ROTE ROSEN TRICK * DER BARMANN TRICK * DER ZAUBER TRICK * DER CHEFREDAKTEUR TRICK * DER JUNG-FRAU TRICK * DER SPIONAGE TRICK * DER SCHLITTSCHUHLÄUFER TRICK * DER PORNODARSTELLER TRICK * DER MASSEUR TRICK * DER VERFLOS-SENEN TRICK * DER SCARY MOVIE TRICK * DER BUCHAUTOR TRICK * DER FUSSBALLSPIELER TRICK * DER BLIND DATE TRICK * DER KOLLEGIN TRICK * DER FOTOGRAF TRICK * DER GIPS TRICK * DER KONZERT TRICK * DER WETTE TRICK * DER REPORTER TRICK * DER SAUNA TRICK * DER KAMASUTRA TRICK * DER CHARLIE SHEEN TRICK * DER SCHLANGEN TRICK * DER WETTBEWERB TRICK * DER AMATEURPORNO TRICK * DER RESTAURANT CHEF TRICK * DER GEBURTSTAGSPARTY TRICK * DER UM-ZIEH TRICK * DER SCHÖNE FRAU TRICK * DER SHOPPING TRICK * DER CALLBOY TRICK * DER XXL-KONDOM TRICK * DER EBAY TRICK * DER EBAY DELUXE TRICK * DER BETTENKAUF TRICK * DER POKER TRICK * DER ANNA TRICK * DER MASKENBALL TRICK * DER EINKAUFS TRICK * DER EX ONE NIGHT STAND TRICK * DER DJ KUMPEL TRICK * DER POR-SCHE TRICK * DER BORDELL CASTING TRICK * DER BORDELL CASTING DELUXE TRICK * DER SEXSHOP TRICK * DER STILLE TRICK * DER E-MAIL TRICK * DER FACEBOOK PARTY TRICK * DER JOGGER TRICK * DER THER-MEN TRICK * DER ROBINSON CLUB CAMYUVA TRICK * DER 25 ZENTIME-TER TRICK * DER SALTO TRICK * DER TRAUM TRICK * DER COACHING FÜR SINGLES BUCH TRICK * DER 5 DVDS ZUR AUSWAHL TRICK * DER STRAPSE TRICK * DER MASSAGEKURS TRICK * DER VISITENKARTEN TRICK * DER WITZE TRICK * DER TAGEBUCH TRICK * DER VIBRATOR TRICK * DER SPIRITUELLE TRICK * DER TANZ TRICK * DER WELTREKORD TRICK * DER POLEN TRICK * DER 10 MINUTEN TRICK * DER VERLASSE-NEN TRICK * DER PFIFFIGE TRICK * DER SCHLAF MIT MIR TRICK * DER SCHAUSPIELFREUNDIN TRICK * DER GANZKÖRPERMASSAGE TRICK * DER FLOATING TRICK * DER ZUCKERWATTE TRICK * DER BUTLER TRICK * DER KÄLTE TRICK * DER PROMIFOTO TRICK * DER STEWARDESS TRICK * DER RETROSPEKTIVE TRICK * DER KUMPEL TRICK * DER CHEF TRICK * DER KAJAK TRICK * DER SCHWESTER TRICK * DER WEIHNACHTSMANN TRICK * DER PUTZFRAU TRICK * DER GESCHENK TRICK * DER SPRICH MICH AN TRICK * DER SADOMASO TRICK * DER ZAHLEN TRICK * DER SPEED-DATING TRICK

ISBN 978-3-8448-0574-1
Books on Demand

The Womanizer Buch-Tipps

5)
The Womanizer
Meine heißesten Sex-Abenteuer

The Womanizer präsentiert seine allerheißesten Sex-Abenteuer! Nach dem großen Erfolg seiner Bestseller Ich, der Fremdgeher Band 1-3 ist dies das nächste Meisterwerk des Mannes, der bereits über 1.000 Frauen im Bett hatte und als Casanova und Don Juan des 21. Jahrhunderts in die moderneren Geschichtsbücher eingehen wird.

Hier schildert er seine geilsten und heißesten Sex-Erlebnisse der letzten 10 Jahre seines aufregenden Lebens und Tuns: Barbara, Teresa, Mary, Iris, Tammy, Rimma, Caro, Lucy, Paula, Jenny, Gabi, Denise, Raliza, Katja, Angie, Anja, Jana, Celine und Alicia heißen die Damen, die The Womanizer für dieses Best of ausgewählt hat.

Jedes dieser Abenteuer zählt zu seinen Favourites. Tauchen Sie ein in die Welt und den Körper des Womanizers und erleben Sie mit ihm seine heißesten Sex-Abenteuer – live und hautnah, uncensored und geil, prickelnd und erlösend.

Spüren Sie die Zärtlichkeiten, den Sex, die Erotik, die Lust und die Leidenschaft, die dieses Buch zu einem interaktiven Lesevergnügen machen. The Womanizer wünscht Ihnen viel Freude mit Meine heißesten Sex-Abenteuer!

ISBN 978-3-8448-1952-6
Books on Demand

The Womanizer Buch-Tipps

6)
The Womanizer
SEXSÜCHTIG!
(M)EINE FRAU IST NICHT GENUG

(M)EINE FRAU IST NICHT GENUG – das ist die Philosophie, das Lebensmotto des Womanizers!

Nach seinen vielen Bestseller-Büchern präsentiert der Playboy des 21. Jahrhunderts nun sein vorerst letztes Werk *SEXSÜCHTIG!*, in dem er die wundervolle Beziehung zu seiner Frau Andrea beschreibt und gleichzeitig über seine besten und geilsten Seitensprünge intimst Auskunft gibt.

Erfahren Sie mehr über den Mann, der über 1.000 Frauen im Bett hatte, und seine heißen Sex-Abenteuer mit Isabel, Simone, Carmen, Melly, Sandy, Samira, Michèle, Bianca, Lena, Silke, Lolita und Wendy. Megaerotisch und anregend sind seine Schilderungen von Liebe, Sex und Zärtlichkeit, Lust und Leidenschaft, Gier und Verlangen.

(M)EINE FRAU IST NICHT GENUG – der Drang nach neuen Erfahrungen, nach jungen, schönen Körpern und tabulosen Mädels ist groß. Und die Mädels sind willig.

The Womanizer nimmt sie gerne, aber nur die Besten! Und was die so alles können, erfahren Sie in diesem Buch!

ISBN 978-3-8482-0035-1
Books on Demand